空飛ぶ
のらネコ

地中海
ロゼッタ
アレクサンドリア
カイロ
クフ王のピラミッド
スエズ運河
イスラエル
ヨルダン
シナイ半島
シナイ山
サウジアラビア
ナイル河
エジプト
紅海
王家の谷、
王妃の谷
ルクソール

大原興三郎／作　こぐれけんじろう／絵

もくじ

物語をいろどる 登場者たち

たよりになるのらネコたちのリーダー。

クック

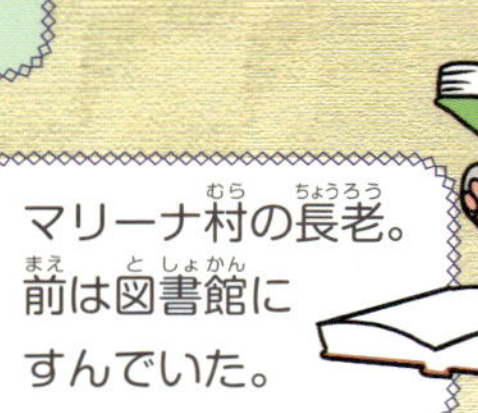

マリーナ村の長老。前は図書館にすんでいた。

館長

ゴッゴ

新婚ネコ夫婦。

パトラ

のら号の発明家。

井上さん

世話好きでのらネコたちのよき理解者。

おはるさん

悪がき修行中。めさぶろと一番気があう。

ぺぺ

悪のら3兄弟

みみいちろ（長男）

悪のら兄弟の長男。富士山丸に乗っている。遠くの声も小さな声も、よく聞こえる耳をもつ。

めさぶろ（三男）

悪のら兄弟の三男。仲よしのぺぺとマリーナ村にすむ。遠くまでよく見える目をもつ。

はなじろ（次男）

悪のら兄弟の次男。富士山丸の船医さんの家で飼われている。どんなにおいもかぎわける鼻をもつ。

ホルス

ハヤブサ。
バステトからの使者。

アヌビス

エジプトの古代王妃の墓を守る犬神。

バステト

のらネコたちの夢に毎夜出てくる青く美しいネコ。

クフ王（フェネック）

クフ王の大ピラミッドをすみかにするフェネック。
のらネコたちの通訳兼ガイド。

プロローグ

赤茶けた岩山が、砂漠にしずむ夕日をあびて、もっともっと赤くそまった。その岩山のすそをぬって、枯れた谷がはしっている。

ごつごつの岩の、荒れはてた谷なのに、名まえだけはすてきなんだ。〈王妃の谷〉。そう、王さまのお妃たちのお墓が集まっていて、その数はなんと、八十くらいあったっていう。

王妃さまのお墓なら、きっと、目もくらむような財宝にうずまっているだろうって?

そう、そのとおりだったはずだ。だけど、とっくの昔に空っぽにされてしまって

いる。墓どろぼうたちのしわざだ。

そうならないですんだものだけが、博物館に集められ〈人類の宝〉にされているわけだ。有名なのが、少年王、ツタンカーメンの財宝だ。

その大発見は、世界中で大さわぎになった。それからかれこれ百年近くたっている。そのお墓が発見されたのは〈王家の谷〉。王さまたちだけのお墓が集まっていた谷だ。そこはこの王妃の谷の山ひとつ向こう側にあって、世界中から、観光客がおしかけている。三千四百年近くもの間、盗掘、つまり墓どろぼうに見つからず荒らされずにすんだお墓なんだ。

だけど、王妃の谷は、山からくずれた大岩小岩になかばうまった谷で、観光客がときどきやってくるお墓は、ひとつ、ふたつしかない。ところがだ。

岩山のふもとの、岩のすき間から、かすかな声がもれてきていた。

小さな穴がひとつある。その穴は、砂漠のキツネ、フェネックくらいなら、ちょうどいい巣穴になるだろう。話し声の片方は、たしかにそのフェネックのだったし。

だけどそれは、巣穴なんかじゃなかった。穴は、ずっと奥へとつながっていき、やがて石づくりの階段につきあたる。階段は急で、地下へ地下へと深くなっていく。石の階段の終わりはしっくいでぬりかためられた厚い壁だ。だけどその壁はどうしてなのか、ひとところ荒あらしく打ちくだかれていて、人ひとりなら、くぐりぬけられそうだった。

「ああ、なんてすてきな冒険なの。クックっていうのね、その、のら号の機長さん。ああ、お会いしたい。どんなにすてきな方なのかしら、みんなをそんな大冒険につれて行き、無事に帰ってくるなんて」

クフ王と話しているのは、ネコだ。だけど、ほんとうにいるんだろうか、こんなにも美しすぎるネコが。

全身、深いふかい青色の、しなやかな毛なみだ。その全身が、なんと内側から光を放ち、輝いてるんだ。

真っ暗闇のはずの玄室、つまり、棺をおさめたお墓の中が、そのために、ぽっと明るい。闇にうかびあがるのは、まさしく目のくらむ財宝の山だった。クフ王のこと、覚えているかい？そう、思いだしてくれたかい。それはうれしい。

エジプトの、有名すぎるクフ王の大ピラミッドにすんでいた。密猟者につかまって、遠い遠い東の国、日本へ売りとばされた。それを助けだして、つれかえって

くれたのが、のら号の仲間たちだったね。

「ぼくをいつもかばってくれてたのが、三兄弟の長男、みみいちろだった。そのみみいちろと約束したんだよ、きっといつか、仲間みんなで、ピラミッド、見にくるって。そうなれば、もちろんクックに会えるよ」

大きな耳と、どでかい目。いつもびくびくの弱い動物だけに、きっと神さまかだれかがさずけてくれたんだ。身を守るために。フェネックは、その代表みたいなやつだろう。

空には、ドローンが飛んでいた。王妃の谷の真上を、行ったり来たりしながら、しずみかけた太陽を追うみたいに、岩山の向こうに消えて満天の星の夜がきた。

四人の男が、谷を歩いていた。着ているのは、真っ白な木綿、ガラービアという、足もとまでかくす長い着物だ。頭には、これも白いターバンを巻いている。

ひげのこい、がっしりした体格の男が、ツルハシを背負いなおしながら言った。

「まず、あるとみて、まちげえねえ。

あの、国際合同プロジェクトとかいったな、イギリスやろうもアメリカやろうもいた。名まえだけえらそうな寄せ集めのチームだぜ。しつこいんだよ、あのへんてこりんなヘリなんか飛ばしてさ、それも毎日だ。

ってことは、ここでなにかかぎつけてるって、なによりの証拠さ。でなくちゃあ、あんな大がかりな機械、いろいろ持ちこむわけねえ。このクソ暑い谷で、もうひと月もだぞ。

やつらは、文明とやらだが、おれたちのは、山犬みてえな鼻とカンだ。どっちが早いか。もちろん、それはおれたちさ。宝の墓ほりあてて、大金持ちになろうぜ。カンのよさでは負けっこねえ。なにしろ、遠い遠いご先祖さまから受けついでる、すじ金入りの墓どろぼうさまの血すじよ。まっ、じまんのしすぎはよくねえが」

四人ともが、がはははって、がらがら声で笑った。

1　みんなが見ていた同じ夢

「それで、みんな同じ夢を見たっていうんだね。青く光るネコがいるのかね？」

おはるさんが、みんなの顔を、一匹いっぴき見まわしながら聞いた。井上さんも、もちろん、いっしょだ。

「しかも、そのネコ、毛なみもしっぽも顔もパトラちゃん以上の美ネコだっていうんだね。ほんとうかい？」

「で、パトラも見たのかい？　そのネコ」

井上さんが、聞いた。パトラちゃんはなんだか、おもしろくなさそうだ。

「見た。だけど、わたし、きらい。

胸にすごい飾りつけて、なんだか、お高くとまってそうだもの。わたし王妃よ、っていうみたいに、ツンとしてた。わたしの名まえ、知ってて、よんだ」

ぺぺもめさぶろも、名まえをよばれたって、口ぐちに言った。

「自分では名のらぬのか、名まえを。

じゃが、わしには笑いかけたぞ。

まいったな、あんな笑顔で名まえまでよばれた。館長さんね、なんてな。

こんな夢なら、毎晩でもいいわい」

「館長、鼻の下、長くなってるよ」

めさぶろが、かなり本気で言った。

「これは、もともとじゃよ。わしの鼻は、少し短い。ま、だんご鼻じゃから、その分、少し長く見えるだけ、鼻の下がな」

なるほど、館長のは、よくよく見ると、だんごっ鼻だった。

「それで、クックはどうなのさ?」

おはるさんが、笑い顔で聞いて、クックが、ようやく口をひらいた。

「わたしには、名のりました。わたしの名はバステト、って。もちろん、わたしの名も知ってました。いろんなことを聞くんです。まるで、子どもみたいに。太陽のこと、海のこと。話すと、目を輝かせて」

夢の中では、みんな同じところにいたらしい。なんだかわからないものばかり積みあげられている、せまい部屋の中らしい。その暗い部屋に、犬もいた。あごの長い、耳のぴぃんと立った黒犬だ。だけど、それは大きな箱の上にきちんとすわったまま動かない。どうやら木かなにかでつくられたものらしい。

なんだか、不気味すぎる話だ。顔を見あわせたまま、だれもなにも言わなくなった。と、いきなりだった。沈黙をやぶったのは、鼻の下の長い、おっとまちがえた、だんごっ鼻で鼻の短い、館長だった。

「今、なんというた、クック。バステトというたか？」

「そうです館長。知ってるんですか、その名まえ」

クックが、早口に聞きかえした。

ここは、のら号の発明家、井上さんのガレージだ。もっとも持ち主は友だち。留守番がわりに借りてる別荘なんだけど。

それはともかく、夢で名まえまで名のられたのは、クックだけだったようだ。

「バステト、バステト、な……。

どこかで、なにかで、見たような、聞いたような覚えのある名なんじゃが」

「きっと図書館でだよ、館長。だれかがひらいてた本、ぬすみ見したときだよ」

「こら、ぺぺ、ネコぎきの悪いこと言うな」

ネコぎき？　ひとぎき、だろう。だけど、ネコだから、やっぱりこっちが正しい。

正しいこと言ったのは、ぺぺの兄貴分みたいな黒ネコ、ゴッゴだ。

「もしそうなら、たしかめようよ、館長。もういちど、ぬすみ見しに行ってよ」

めさぶろの言い方も、ネコぎき、悪い。

クックが、いつものおちついた声で言った。

「お願いできますか、館長。わたしも、この夢、気になってしかたないんです」

みんなおんなじだ。夢にしては、おかしすぎる。

「なんだかこわい、わたし」

パトラちゃんが、長いふさふさの白い毛を、ぶるるってふるわせた。

「よし、行くとするか、図書館」

井上さんがワゴン車のキーをにぎって立ちあがった。

図書館の二階は、大きな一枚ガラスだ。木にのぼって、みんな中をのぞいていた。

井上さんは棚から、大きな写真集みたいなのを一冊ぬきとってパラパラとめくった。それから、走りだすみたいな急ぎ足で階段に消えた。

帰る車の中は大さわぎだった。エジプトの博物館にある宝の写真集だ。その写真の中に、バステトはいた。だけど、夢の中のとちがいすぎた。

みんな石。それも、ゆう薬で染められていて、その色に、むらもあるネコたちばかりだ。もし、くらべていうなら、夢のバステトは、ラピスラズリという天然石の、宝石みたいな青だった。

「みんな、夢の続き見るんだって？　それがこんどは、てんでばらばらなんだって？　ほんとうかい」

おはるさんの畑のミニトマトが、小さな竹かごにもられている。町へ売りに行った帰りだけど、井上さんへのおみやげだ。だけど、ネコたちのおみやげなんかには、ならない。でも、おはるさんは、ネコたちにも忘れない。今日のは、ニボシだ。

「おれの見たの、聞いて」

待ちきれないみたいに、いちばんはめさぶろだ。

「みみ兄がね、富士山丸のマストのてっぺんから、おいでおいでしてるんだよ。両手を上にあげて、三角の形つくってさ。

あれ、なんの合図か、わかんない」

次は、ぺぺのだ。

「おれのはさ、あれ、もしかしたら砂漠っていうのかな。見わたすと、どこもかしこも砂だけ。おれっち、そこ歩いてる。なにかさがしてるみたいだけど、なにかわかんない」

「ぼくのは、フェネックのクフ王のだ。小さな地下へ続く穴を、先に立っておりてく。ぼくらをふりかえりながら。どこへ行く。なにをしようとしてるんだって聞いても、なんにも答えないんだ」

ゴッゴだ。

「パトラちゃんのは、どうなの？」

おはるさんが聞いた。

「なにか話しかけるの。だけどわたし、こわくて聞きたくない。だってあそこ、お墓の中みたいなんだもの」

「館長も見ますか、おかしな夢」

クックが聞いた。

「わしのはな、どこかわからん岩山にいるんじゃよ。はるかに、ずっと砂漠らしいのが広がっていてな。そこをわたらねばならんようじゃが、つかれはてていてな、足はもう、一歩も前へ出ぬ。

クック、おまえさんはどうなんじゃ。なにか見るか。少しは楽しい夢がいい」

「わたしのは……ふつうですよ、館長。いつものように、のら号に乗ってるんです。みんなといっしょに。だけど、バステトもいっしょなんです。すぐ横にいて……」

パトラちゃんは、おはるさんのひざの上だ。なんだか、しがみつくみたいにしている。その背中をなでながら、おはるさんは言った。

「つながらなそうで、つながりそうで、なんだか、おかしな夢だねぇ。

夢にはね、〈正夢〉と〈逆夢〉ってあるんだよ。正夢は、夢のおつげ。夢がほんとうになること。

逆夢は、その反対。見た夢と逆のことがおこること。

だから、わたしは、決めてるのさ。いい夢を見たら、きっとそのとおりになる。悪い夢はきっと反対になるってさ。

だけど、みんなの夢、おかしすぎるねぇ。正夢だとしても、逆夢だとしても、こんなマリーナ村にいるあんたたちに、縁のない話だし。

ま、気にすることは、ないよ」

だけど、みんな、だまりこくったままだ。

その沈黙をやぶったのは、館長だった。おはるさんが、気にしているみんなを気づかって言ってくれたのを、みんな気がついている。そのおはるさんには悪いけど、やっぱりこれは、気になる。

「ばらばらで、みな勝手に見ちょる夢じゃが、つながるな、クック」

「ええ、つながります、館長」

「ぼくにもです、館長、クック。ぼくがつなげてみてもいいですか？」

みんな、ゴッゴを見た。館長とクックが、うなずいた。

「まず、夢の舞台は、ピラミッドで有名なエジプト。そこに、まだ発見されていない墓がある。守ってきたのはバステト。もしそうなら、バステトは三千年も四千年も生きてきた神のネコ。

そのバステトが、よんでいる。なんのためにかわからないけど、ぼくらみんなに会いたがっている。

案内役は、クフ王。約束したんだったよね、みみいちろと。きっとみんなといっしょに、クフ王の大ピラミッドとスフィンクス見に行くって。

みみいちろが、めさぶろに、富士山丸のマストのてっぺんでつくって見せた三角は、きっとピラミッド。こんな夢を見させるのは、バステトだ。バステトはきっといる」

「おれのなら、これ、正夢でいい。また富士山丸で、きっとみみ兄と、はな兄と会える。また大冒険できるかもしれないな」

真っ先に言ったのは、めさぶろだった。

「おれも、正夢がいい。砂漠もピラミッドも、いちどでいいから見たいよ。クフ王言ってた。サソリ食べるんだって。おれも、食べてみたいよ。きっと味、エビやカニににてるよ」

ぺぺだ。

「わたしは、半はん。なんだか、こわすぎる。バステトのこと、全部信じられない。もしかしたら、なにか悪いこと、たくらんでいるかもしれないって思うし」

パトラちゃんは正直だ。なにか悪いことをたくらんでるってのは、みんな、心のどこかで感じていることだった。

館長のは？　いちばん、正夢なんかになったらこまるのだった。

「わしゃな、もしみなが行くとしても、こんどはやめようと思うんじゃ。あの夢はな、きっと、わしが、足手まといになるぞ、という正夢かもしれん。だとしたら」

クックが、さいごまで言わせなかった。

「そんなこと、あるはずないでしょう、館長。どこでどんなことがおきようと、わたしたちの館長です。見すてようなんてするものは、ただひとりもいませんよ。わかっているでしょう、あの悪のらだったはなじろでさえ、館長を守ろうとした。命にかえて、真っ先に」

そう、あれは前の旅でだった。ベンガルヤマネコ兄妹をインドに送ったときだった。飢えた野良犬と対決したときの、はなじろだった。

「館長の前にあらわれた、いちばんの新参者ですよ、はなじろは。それなのに、ああした。それほど館長を好きで、したっているんです。だもの、ここにいるみんなも、それは、はなじろに負けません」

館長のメガネが、くもった。

「ねっ、館長、みんなの夢がひとつのすじにつながるとしたら、ゴッゴの推理どおりでしょう。だけど、待ちましょう。わたしらに旅立て、という力が、いつもとまだなにか、たりないような気がする」

みんな、うなずいた。となりにいる、だれかと目を見あわせながらだった。

「だけど、もし行くんなら、のら号はすぐにでもできるぜ、四号が」

井上さんが、ガレージをふりかえりながら指さした。

風船は、いつでもふくらませる。かごキャビンも六こ、また、アケビのつるで編んだ鉢カバーが、ひろってきてある。

グライダーは、中古のを、信じられないねだんで、井上さんが手に入れている。ネットオークションでだ。

今は、まだバラバラの部品だけど、その気になれば組みたてるのに、三日もあればじゅうぶんだ。

だけど、なぜだろう。うきうきしないんだ、いつものように。

よんでいる？　神のネコが？　エジプトの、まだ見つかっていない地下のお墓にかくれて？

ほんとうにいるんだろうか、バステトって。考えてみれば、あやしすぎる夢だ。

そんなもののために、またはるかに海をこえていく必要なんかあるんだろうか。ま、みんな、ピラミッドにはのぼってみたいけれど。

むにゃむにゃした気分のまま、いく日かたった朝のことだった。井上さんの携帯電話が鳴ったのは。

井上さんは、夜ふかし朝ねぼうだ。ネコと仲よくしすぎると、そんなことまで、うつってしまうんだろうか。半分ねぼけながら電話に出た。

「え？　ふじさんが丸い？　なんですか、それって。富士山なら、いつだって、とんがってますよ。へんなこと言う人だなぁ」

「え⁉　のろせん？　なんですか、それ。えびせんなら大好物ですが。

え⁉　くれるんですか、ネコたちに。

え⁉　船いっぱい乗せて？　そんなには食べられませんよ」

ええ、ぼくなら井上ですが、と言いなおしながら、ようやく井上さんは目が覚めた。

「えっ、のろせんじゃなくて、のろ船長？　富士山丸の？　し、しつれいしました」

夕べも夜遊びしすぎた、半分しか目のあいていないネコたちだったけど、その声でとびおきた。

「はいっ、みんな元気です」

「そうですか、みみいちろも。富士山丸の守り神やってますか」

「みんなにかわいがられて？　それはうれしいです。

えっ？　みみいちろが話したいって？」

のろ船長は言った。みみいちろにたのまれての、電話なんだよって。電話の声は、みみいちろにかわった。

それなら、話はクックがいい。みんな、スマホを受けとったクックにくっついて、ひとことだって、みみいちろの話を、聞きもらすまいとした。

「うん、そうか。聞いてるよ、クフ王との約束。ピラミッドとスフィンクス、みんなで見に行くって約束したんだったね」

「うん、その気になれば行けるよ。井上さん、のら四号つくってくれる気、まんまんだから」

みみいちろの話は、ときどき、聞きとれなくなる。だけど、クックの返事で、話はじゅうぶんにつながった。

「そうか、また富士山丸、エジプト往復か。のろ船長、いいって言ってくれてるんだね。わかった」

さあ、どうする。

やっぱりだ。あのおかしな夢は、正夢になりそうな方に、ぐいぐい進んでるみたいだ。

また、のら号で大旅行できる。いつもなら、みんな両うでをあげて、ニャンニャーイ、ってバンザイしてるだろう。

みみいちろとはなじろは、どうなんだろう。みんなの夢のすき間をうめる、謎めいた夢を見たんだろうか。それとも、単純に、クフ王との約束をはたしたくて、のろ船長に、たのんだだけなんだろうか。

いつもとちがうネコたちを、井上さんは気にした。ま、みんなで相談すればいい、なんてことになった。

お昼前に、おはるさんがやってきた。

「かぼちゃがひとつ売れのこってねぇ。あんたたちに食べてほしいけど、無理か、やっぱり」

なんてふざけながら、赤いヘルメットをぬいだ。

「えっ、それはなによりじゃないかね。やっぱり、みんなの夢、ぐうぜんなんかじゃなかったねぇ。みみいちろが、ねぇ。

あのこらしいねぇ、弟思いで、約束にかたいし。あたしも会いたいよ、あのこに」

井上さんの話を聞いて、おはるさんは身をのりだして喜んだ。だけど、みんなが、いつもとちがうんだ。

「どうしたんだい、見たくないのかい、ピラミッドやスフィンクス。あたしだって見たいよ。こんな年でなければ、行きたいよ」

それに答えたのは、めさぶろだった。

「おれは、行きたいよ。みみ兄にも、はな兄にも、また会えるしさ」

「おれも。富士山丸が荷物つみおろしする間だけ、ピラミッド見てさ。きっと、クフ王、案内してくれるよ」

「わたしも、それくらいなら行ってもいい。バステト、ほんとうにいたとしても、いる場所わからないし、だいいち会える時間なんかあるかしら」

パトラちゃんはそう言ったけど、ゴッゴは、なにも言わない。館長もクックもだ。

「で、なんて返事したんだい、井上さんは、のろ船長に」

おはるさんが、聞いた。

「決めなかった。みんなで相談しときますって」

そう、もし行くなら、マリーナからのら号で飛んで、沖行く富士山丸と合流するのはかんたんだ。

「どうしたんだい、いつもとちがいすぎるねぇ、あんたたち。

これは夢なんかじゃないよ。きっとあんたたちの、助けがいるんだよ。

きっと同じように、出ているよ、バステト。みみいちろの夢にも、はなじろの夢にも。だから、みみいちろ、のろ船長にたのんだんだよ。

それなのに、ひとりもいないのかねぇ、バステトに会いに行こうってこは」

声が少し大きくなっていた。

「こまってるのは、あんたたちネコの仲間じゃないのかね。なにがあったって、いつもちゃんと帰ってこれてる、あんたたちじゃないのかねぇ。

もう、ニボシなんかあげないよ。カリカリだってあげないよ。カボチャの丸かじりでもしてりゃいいんだ」

九十さいのおはるさんにこう言われたんじゃ、だれも、ぐうの音も出なかった。

「井上さん、お願いします。のら号。

それからおはるさん、みんなまだ、もらってません、今日のおやつ。

くれますよね、特別大きいのがいい。そうですね、カボチャくらいのカリカリ、ないですか」

クックが笑いながら言って、みんなを見まわしていた。

2　いなかったクフ王

インド洋をぬけた。左にアフリカ大陸、右にはアラビア半島。その間を分ける紅海。紅海を北へむかうと、右にシナイ半島があらわれた。

ここまで十五日以上かかっているけど、船の上では、たいくつなんかしなかった。船全部が、フィールド・アスレチックスみたいなものだ。

かけのぼって、かけくだる高いマストがある。ぶらんこみたいなロープがたれさがっている。かけまわるだけなら船一周が、マラソンコースにだってなってる。

船の上では、そんなわけで自由に遊べる。だけど、のら号でひとたび飛びたてば、仕事はいくつもある。翼を広げたり、ねじったりして風をもらい、進む方向に、ぴ

たりと、あわせなくちゃならない。

雨がくれば、ビニールシートでおおいをかぶせる。コウモリがさを逆さにして飲み水をため、ペットボトルにつめる。そんなことを、二十四時間、交代でやらなくちゃならないんだ。富士山丸にいるかぎり、それがないのが楽ちんだった。

だけど、ほかにも、楽しみがあった。

「それっ、けさは特別だぞ。目玉焼きひとつずつ。体力つけとけよっ」

司厨員、つまりコックさん役のおじさんがくれる、ごちそうだ。おなかが、ぷくっとふくれてて、めさぶろが言うには、あれは、いつも、つまみ食いしてる証拠なんだそうだ。

おじさんに、ネコ語がわからなくてよかった。もしわかったら、きっとおこって、二度と特別のなんかくれなくなるだろう。

ごちそうについで、ふたつめの楽しみは、あの琉球空手四段タクちゃんの〝洋上空手教室〟だった。

はふっ、はふっ、なんて息を止めたり、はいたりしながら、みんな汗を流した。横一列にならんで、つき、けり、はらい。そして向きあっての組み手。ネコだからできる得意技の宙返り後ろ足げりの大技。

先生役のタクちゃんも、うれしそうだ。

「みんなすごいな。だれも忘れちゃいなかった。虎爪の技、ますますみがきがかかったか。

そうそう、おれ、五段に昇段したぜ。おめでとう言ってくれ」

タクちゃんが、汗いっぱいの顔で笑った。

「オ、ニャニャニャー」

みんないっせいに、おめでとうだ。両前足あげて、バンザイしながらだった。

その虎爪の技は、ネコ空手いちばんの技だ。ついてもけっても、どうしても力の弱いネコには、これが最強の技になる。爪を思いきりむきだして、敵の目や鼻をねらう。

これは、ただひとり、めさぶろが
実戦で試している。自分より十倍も
二十倍も大きそうな野良犬と戦って、
勝った。この前の旅、インドでだった。
　ネコたちはもともと身軽で
すばしこいけど、この技を身に
つけたおかげで、もっともっと
強くなっているはずだ。
　そんなのらたちを乗せたまま、
富士山丸はスエズ運河へきた。
　ここはすごい。地図をながめれば
わかる。運河は地中海と紅海を
つなげたんだ。そうなるまで、

大西洋側のヨーロッパの国ぐにの船は、インド洋へ出るまで、アフリカ大陸の南の先っぽを大まわりしなくちゃならなかったんだから。

運河はあんまり広くつくれなかったから、行きかう船はゆっくりで、慎重だ。

両岸は、ただただ砂漠、砂の丘だ。だから、少しはなれて岸から見ていると、船は砂の中を動いて見えるんだ。なにぃ、船が砂漠を進むぅ!? スエズ運河を知らないひとは、びっくり仰天することだろう。

富士山丸は、そんなスエズ運河をぬけた。

このあたりがいい。北西に向かえば、エジプトの首都カイロがある。その真ん中を流れるナイル河をわたれば、高さくらべをするみたいに、三つのピラミッドがつったっている。

人間の顔、体はライオン。有名なスフィンクスが、ピラミッドを守るみたいに、前をにらんで、世界中からおしよせる観光客を、それを乗せるラクダとラクダ引きをだまって見おろしながら。

さあ、いよいよだ。そのいちばん高い、クフ王のピラミッドが待っている。てっぺんにはきっと、あのクフ王も待っているはずだ。

富士山丸は地中海へ出て、アレクサンドリアの港に錨をおろす。

「一週間あとだよ。間にあうように帰っておいで」

「はいっ。帰りもおせわになります」

「むちゃするなよ。では、またな」

のろ船長とクック機長、海と空のキャプテンは、かっこよく、けいれいしあって別れた。

のら号は甲板から飛びたった。富士山丸のクルーの、ほとんどに見送られながらだった。

風は親切にふいてくれた。三時間もたたないうちに三大ピラミッドが見えだした。

月はまだ、半分もふとっていない。星は、あきれるほどいっぱいだけど、やっぱり昼間とはちがう暗い砂漠だ。それなのに、さすが、めさぶろの目だった。

「見えたっ。きっと、あれが
そうだっ」
さあ、会えるぞ、クフ王に。
きっと、みみいちろに、とびつい
てくるだろう。もう、のら号に
気がついているかもしれない。
クフ王のピラミッドだけが、
てっぺんが平らだ。キャップ
ストーンとよばれている、
とんがったてっぺんの石が
ないんだ。なくなったわけは
謎のまま。いくら調べてもわから
ないそうだ。

そのてっぺんに鉄の棒が一本、つったっている。でもこれは、雷よけの避雷針じゃない。キャップストーンがあれば、高さはここまでだよという、あとからとりつけた目印だそうだ。

てっぺんが欠けていたって、今の高さのままだって、クフ王のが、やっぱりいちばん高い。となりの、クフ王の息子の、カフラー王のより高い。そのとなりの、カフラー王の息子のメンカウラー王のより、はるかに高いんだ。

「おりよう。あの鉄棒にロープを巻きつける」

クックが命じた。

なんて便利なんだろう。てっぺんが平らなのは、クフ王のだけだなんて。ロープが大きくゆれる。いちばん下に、ぺぺとめさぶろがつかまっていて、ふりこの役をする。くるりとまわって、ロープが鉄の棒へ巻きついた。

ところが、クフ王は出むかえてくれないんだ。

そうそう、あの夢の話だけど、やっぱりおかしい。船の中で、再会したマリーナのみんなと、みみいちろ、はなじろ兄弟とは、真っ先に夢の話になっている。

「ぼくも、見てますよ。クフ王がぼくをよんで、やっぱり、青く光るネコが横にいた」

みみいちろの話だ。

「おれもです、クック機長。

だけど、おれの夢、へんです。機長が泣いて泣いて。なぜかわからないけど、おれたちが、クックのかわりしなくちゃならなくなりそうな、わけのわからない夢です。

ありっこないのに、クックが泣くなんて。

なぁ、めさぶろ」

「そうだよ、はな兄。はな兄とクック機長は泣かないな。おはるさんにトマト食べさせられたって、ぜったいに」

へんな夢の話だった。だけど、なぜだろう、クックは笑いもしなかったんだ。

半分にまでふとったアーモンド形の月が、ピラミッドの真上まできた。真夜中に近いから、人には見つからないかもしれない。だけど、夜が明けたら、きっとあやしまれる。六つのかごキャビンと、しましまのはでなグライダー。ぱんぱんにふくらんでいる数えきれない風船なんだから、のら号は。それに人ひとりくらいなら、じゅうぶん乗れそうだ。

東の空が赤く染まりだした。見つかるのは思ったより早かった。ジープが猛スピードで、もうもうと砂を巻きあげながらやってくる。

人が三人、とびおりた。すばやく、ピラミッドにとりついた。のぼってくるぞ。ここで、のら号をぶんどられたら、おしまいだ。

「ロープをほどけ。急げっ」

クックが命令した。

すばやかった。結び目をほどいて、巻きつけてあったロープをほどいた。

のら号が浮いた。バンと翼をひらいた。もちろんみんな、かごにとびこんでいた。

かけのぼってきた三人はロープをつかまえようとしたけど、間にあわなかった。

みんな、頭にターバンを巻いていた。

「な、なんだぁ、あれはぁ」

「ネ、ネコが乗ってるぞぉ」

「こんなへんてこなのに乗って、飛んできたのかよぉ」

きっとピラミッドを管理するおじさんたちだ。あんぐりとあいた口が、てんでにこう言ったにちがいなかった。

「おう、スフィンクスじゃぞぉ」

館長が、下を見てさけんだ。鼻の欠けたその顔が、のら号を見送った。

ともかく街をはなれよう。夜の明けてきた砂漠が見えだした。ピラミッドは、ここだけではなくて、あちこちにあるみたいだ。

なだらかな角度のも、とちゅうで、折れまがったみたいなのもある。階段みたいに石を積みあげたのもある。もうくずれて、ピラミッドじゃなくなっているのもある。クックが、そのひとつを指さした。

「あのかげ、くずれているのにおりるっ。

ほかのはだめだ。めずらしい形だから、きっと観光客がくるはずだ」

やっぱりクックの、きっと正しい判断だ。のら号は、ガレキの山みたいなピラミッドのかげに、ふわりとおりた。

ここならきっと、安全だ。ラクダの足あとひとつ、どこにも見あたらなかった。

だけど、どうする。クフ王はいなかった。よんでも姿をあらわさなかった。だけど、いちばんの目的だったピラミッドの、てっぺんにはもう立てたじゃないか。スフィンクスも見おろして飛んだ。クフ王さえいれば、次になにかあったかもしれないけど、これで終わりでもいいかもしれない。バステトのことは、初めからへんな夢だったのかもしれないじゃないか。みんな、そう思いはじめていた。

だけどだれも、うれしくなかった。あっさりすぎた。あこがれていたピラミッドなのに、かなってみれば、こんなものか、夢なんて。

富士山丸にもどろうか。だけどまだ、六日もある。クックが、みんなを見まわした。

「こうしよう。一日ここにかくれて、夜クフ王のピラミッドへ、もういちど行こう。

そして、クフ王を待とう。それからどうするかは、また考えよう」

「つまらないわ。せっかくここまで来たのに。

なにかおもしろいことないかしら」

パトラちゃんが、口をとがらせた。

クックが、館長を見た。

「たしかにそうですよね、館長。だけど、わたしは知らないんですよ、このエジプトのことをなにも。

すごい国だってことはわかりました。文明の生まれた、最古の国だということも。

ですが、ピラミッドのほかに、どこへ行けばなにがあるのか。世界中からおしかける観光客は、ほかになにを見たくて来るのか」

「わしとて知らぬ。図書館で、それこそぬすみ見したことくらいしかな」

「それ、話してよ、ひとつでもふたつでも」

パトラちゃんの好奇心は、人一倍、おっとネコ一倍強いらしい。

「有名なのは、ツタンカーメン。大昔すぎる前に死んだ、少年王じゃ。王家の谷、というてな、そこにはいく十もの王さまたちの墓が地下深くに、かくされてつくられた。

ピラミッドは目立ちすぎる墓になった。王の力が弱まり、その時代が終われば、墓どろぼうたちのかっこうのえじきになった。財宝めあてのな。

おどろくなよ、あの三大ピラミッドな、あの厚い石の壁に、みな、穴があいちょる。あけたのは墓どろぼうどもじゃ。宝は、あったのかなかったのか。

あのクフ王のピラミッドな、見物人が出入りする穴は、なんと、その墓どろぼうどもがあけた穴なんじゃそうな。

だから、王たちは、そのあと、目立たぬように、地下の墓をつくるようになった。この三大ピラミッドのあるギザより、だいぶ南のはずじゃ」

「もしかしたら、それも空っぽなの!?」

「そのとおりじゃよ、パトラ。

地下の王たちの墓は、それはそれはりっぱなんじゃそうじゃ。

王はミイラにされてな、棺にほうむられて永遠の眠りを約束されたはずじゃった。

ところが、ときはうつり、王家がほろび、また墓どろぼうたちが、舌なめずりしおった。

副葬品というてな、金銀財宝にうめつくされた部屋は、すべて、空っぽ。それでも天井や壁は色あざやかな絵でうめつくされていてな。あまりにみごとな墓じゃから、それを見に人は世界中から今もやってくる」

「すごい。わたしも見たい。お墓こわいけどがまんできそう。そんなにすごい絵なんて」

館長が、ぐふふと笑った。いたずら半分に、すごい、とっておきの話をするときのくせだ。

「だが、おどろくなよ、ただひとつ、墓どろぼうどもがほりあてなかった墓が発見された。今から、おおよそ百年ばかり前のことじゃよ」

「わかった、それがツタンカーメンねっ」

「そのとおりっ。

これは二十世紀最大の大発見と言われちょってな、まだ力の弱い少年王の墓じゃぞ。ほかの大王たちのにくらべて、はるかに小さな、部屋も三つ四つの小さな墓なんじゃそうな。それでも、そこにつめこまれていた副葬品、

つまり財宝のみごとじゃったこと」

少年王のミイラは、人型の、みごとすぎる三重の棺に守られていた。棺をあけるとまた棺。それをあけるとまた棺。三つめの棺の中に、少年王は黄金のマスクをかぶらされ眠っていた。

「イケメンじゃぞぉ。生きとるときの顔そのままにつくられたのではないかと言われちょる」

「どこにあるの、その黄金のマスクっ」

パトラちゃんが身を乗りだして聞いた。

みんな、知りたいことは同じだ。

「続きは、みみいちろが話せ。きっとクフから聞いちょるじゃろ？」

みみいちろが、うれしそうにうなずいた。

「はいっ、カイロの街にある〈エジプト考古学博物館〉です。博物館一の宝物として公開されてるって話です」

「行きたい」、「見たい！」みんながさけぶみたいに言った。

クフ王と会えないなら、時間はじゅうぶんにある。館長の知恵とクックの決断さえあれば、できそうじゃあないか。

クックが、スマホをとりだした。これは、今や、命づなだ。井上さんとも、のろ船長とも、だいじな連絡は、これでとれるし、こんなときにも役にたつ。ピコピコ手ぶくろの一本指が、画面をたたいた。

「出た、博物館。カイロの街の、ここだよね、みみいちろ。行きますか、館長？」

館長がうなずいた。みんなのバンザイは、言うまでもない。

夕日が砂漠にしずんだ。星がまたたきはじめるのを待って、のら号はくずれた岩につなぎとめてあったロープをほどいた。

3　ただで入った博物館

昼間、街の上を飛んだら、やっぱりのら号は目立ちすぎる。真夜中になるのを待って、ナイルの川岸の、ナツメヤシの林へそっとおりた。

幸い、ナツメヤシの実る季節じゃなかった。もしそうなら、実を収穫にくる人たちに、きっと朝、見つかってしまう。

今は、その花の季節だ。ぼわっと、黄金色のふさがたれさがり、小さな花がかたまってくっついていた。

博物館の前は、小さな広場だった。あんまり高くふきあがらない噴水がひとつある。そのかげから、みんなチケット売り場と入り口のゲートをのぞき見していた。

おや、ネコが八ひきも。そう気づいた人がいたって、ネコならどこの国にだっているから、あやしまれたりしない。

「いくらだろうな、チケット」

ぺぺだ。

「わかれば、買うつもりかよ」

めさぶろが、まぜっかえした。

「買いやしないさ。だけど、書いてあるかもしれないぞ。大人ネコ、いくら。子ネコ、いくら。のらネコ特別割引、半額！」

みんな大笑いした。

計画なんかない。観光客が、世界中からおしよせている。入り口ゲートまで、長いながい列が続いている。その足もとをぬって、かけこむんだ。じまんのすばやい足で。

だけど、八ひきともなると、やっぱり見つかった。

「あ、待てえ！」

チケット係がさけんだけど、追いかけてはこなかった。ネコなんか追いかけたりしてたら、お客さんの列が大じゅうたいだ。

博物館の中はすごすぎた。天井までとどきそうな、王さまの石像がいくつもある。それらを横目にかけぬけた。

これが、キャップストーンか。ピラミッド形した灰色の石が、いくつもならべられている。きっと、もうくずれてガレキにかえってしまった、どこかの小さなピラミッドのてっぺんを飾っていたのにちがいない。

小さくたってりっぱだ。絵文字が、いっぱいほられている。さあ、みんないっしょに、博物館の見学だ。

おめあてのツタンカーメンの特別室は二階だった。それにしても人が多すぎる。だけど、ネコって、なんて便利なんだろう。いくら人がひしめいてたって、その足もとをすりぬけるのは、まさしく朝メシ前だ。朝メシはちゃんと、ニボシ二ひき、カリカリ十五つぶずつ食べてきているけど。

厚い、透明のケースを見あげた。その中に、少年王ツタンカーメンは、いた。ほんとうにイケメンの、黄金のマスクだった。

椅子もすばらしかった。宝石をちりばめた金銀細工で、ツタンカーメンと、その妃がえがかれている。ふたりは見つめあって、手をさしのべあっている。

仲むつまじい、まだ若すぎる王さまとお妃さまだ。

「ほかの見よう。クフ王言ってた」

みみいちろが、みんなをうながした。

「エジプトではね、大昔から、たくさんの神さまがつくられたんだそうだよ。

犬やネコも、ワニやカバだって、神さまのひとりだったんだって。

ミイラもあるそうだよ」

「ミイラ見たい。それ、さがそうぜっ」

真っ先にそう言うのは、やっぱりはなじろだった。

ミイラの展示室は二階にあった。ガラスの向こうに、上を向いた人の形が見えた。

「ほんとうだ、ミイラだっ」

めさぶろが、真っ先に見つけた。

「こわいわ」

「どのくらい昔のかな？」

みんな、こわごわだ。それでも逃げださないのは〝こわいもの見たさ〟っていうやつだ。

ミイラって、こんなになるのか。黒くて、やせこけていて、目は穴になっていて、歯はむきだしになっていて。骨にはうすい皮一枚くっついているだけだ。それだってすごい。だって、何千年も大昔のなんだから。

「こんなだけど、ここにあるのは、ほとんど大王のミイラなんだって、クフ王、言ってた。ミイラはね、ほうたいぐるぐる巻きにされて、そのほうたいの中にも、たくさんの宝石やお守りなんかも巻きこまれてたんだって。

だから墓どろぼうたちは、ようしゃしなかった。ほうたいまでむしりとって、ミイラをはだかにしたんだそうだよ」

パトラちゃんが、ぶるるってふるえた。クフ王から聞いた、みみいちろの話はこわすぎた。

空っぽにされた石棺もたくさん集められてならんでいた。きっと、そんなにされたミイラが入っていたにちがいない。そのどれもが、絵文字で飾られている。

すぐ後ろで声がした。

「あら、さっきのネコちゃん」

「あんたたち、お金はらわなかったでしょ」

なんと、なつかしい日本語だ。日本から観光にやってきたおばさんたちらしい。十人くらいいっしょだ。

「だけど、感心だわ、この国のネコ。博物館の見学するなんて」

「だけど、にてないわよね、昔のネコとちがうのかしら」

「ネコのミイラのこと？　たくさんあった」

「それもだけど、石のネコ」

「ああ、あれ。名まえはたしか、バチスト。ガイドさん、言ってたじゃない」

「すごぉい、よく名まえまで覚えてたわね」

みんな、顔を見あわせた。そうだった、井上さんは図鑑まで借りてきて、みんな

に見せてくれてたのに。もしかしたら、ここには⁉　黄金のマスクよりも会いたかったはずなのに。ネコのミイラまであるのか、

バステトたちがいるのは二階か三階か？

三階の片すみの一室に、バステトたちはいた。大小、じつにさまざまだ。もとの石そのままの色のもある。ゆう薬で青く染められたのもある。写真集で見たとおりのだ。きちんと前足をそろえて、大きく目をひらいて、きりりと前を向いてすわっている。

だけど、ラピスラズリのバステトは、いなかった。

「クックっ」

ゴッゴが低くさけんで指さした先に、大きなタモ網が見えた。男がふたり、あちこちのぞきながらやってくる。

あまかった！　のら犬なんかがまぎれこむこと、あるんだろうか。それともハトなんかか。フンで宝物がよごされてはこまるからか。

「クック、ぼくがっ。ゴッゴ。館長とパトラをたのみますっ」

「おれも行くよ、ゴッゴ。ふた手に分かれよう」

言うがはやいか、はなじろとゴッゴはかけだしていた。

「おちあうのは、あの噴水だっ」

クックの声があとを追っていた。

男たちにわざと気づかせたところで、ゴッゴは左へ、はなじろは右へ分かれた。

けっきょく、ネコのミイラまでは見られなかったけど、それでよかったかもしれない。パトラちゃんにとっては。ぺぺとめさぶろは見たかったって言ったけど、きっと強がりだっただろう。なぜって、そう言いながらぶるぶるるって、ふるえたんだから。

夜、のら号は、ふわりと満天の星空にいた。もちろん、ゴッゴもはなじろもだ。かなうわけないんだ、ネコのすばやさに人間の足なんかが。つかまるわけないんだ。追いかけてふりまわしたタモ網なんかに。

星明かりの下に、スフィンクスが、クフ王のピラミッドが近づいてきた。

初めにそれを見つけたのは、やっぱりめさぶろだった。

「クフ王だ。クフ王が帰ってきてるっ」

みみいちろが、かごから落っこちそうなくらい、身を乗りだした。

「クフ王ぅ、みんなで来たよぉ。

約束どおり、みんないるぞぉう」

クフ王の方にも、のら号がもう見えてるはずだ。声も聞こえたかもしれない。

「クフ王が、手、ふってる！」

めさぶろが大声で、みんなに知らせていた。

4　ピラミッドの頂上会議

「エジプトのじまん、もっと聞いてよ」

クフ王が、ずいぶん早口になって、しゃべりつづけていた。

「ナイル河はね、アフリカの奥地から始まって、六千キロも流れる世界一長い川なんだよ。この砂漠をうるおしてくれてる。このおかげで、エジプトは最古の文明をうむことができたんだよ」

ナイルは川岸に、パピルスをしげらせてくれた。くきは三角形。丈は三メートルをこして、ふとさは大人の指三本くらいもある。根もとから、その先っぽまで、まったく枝のない草だ。

日本にも、その仲間が野原に行けば生えている。形はまったく同じ、カヤツリ草だけど、ふとさ、高さは、くらべものにならない。皮は青くて、かたい。でもその皮をひと皮むけば、内側は、やわらかいせんいだ。それをうすく切りそろえ、縦横にかさねて木槌でていねいに打つ。パピルスにはもともとねばり気があって、しっかりとくっつく。

「で、なにができるって思う？　すごいよっ」

みんな、かたずをのんで聞きいっている。

「紙なんだよ。人間が初めてつくった紙が、そのパピルスなんだよ。そこにえがかれた絵文字は五千年たっても、まだ消えないで読めるんだって」

クフ王が胸をはった。

いい、いい。いくらいばったって。ピラミッドもパピルスも、このナイル河もすごい。

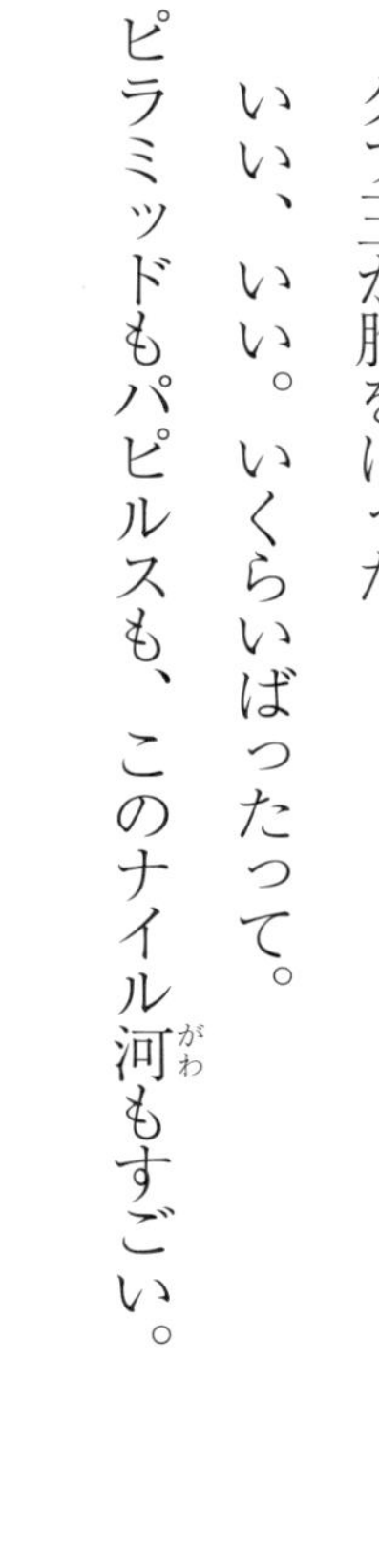

そのナイルが、ずっと続いている。広い平らな砂漠地帯を流れるから、流れはまるで止まってるみたいにおだやかだ。

エジプトはすごい。だけど人びとは、このナイルの岸辺から少しはなれただけで、もう生きてはいけない。それが、こうして上空からながめているとよくわかる。水路が引かれて水をもらえる畑は、川岸からせいぜい、四、五キロくらいまでだ。川には、小舟が浮かんでいる。漁師が網をしかけている。小舟の上に立って、棒で水面をたたいている。魚をおどろかせて、網に追いこんでいるにちがいない。小麦畑や、野菜畑、トウモロコシ。ナツメヤシの林。林の中に、ときどき家があらわれる。ほとんどが小屋みたいに小さく、屋根は、ナツメヤシの葉の、くさぶきだ。雨がふらないのだから、それでいい。

子どもらが、のら号に手をかざした。ほとんどの子がパンツ一枚、はだしだ。のら号を見あげて、追いかけてくる。いったいどこまでそうするつもりなんだろう。それでも、のら号の方が速かった。子どもらの姿はいつの間にか消えた。それを追いかけるみたいに太陽も西の砂漠にしずんだ。

のら号がめざしているのは、ルクソールだ。その街は二千年もの間栄えた王の都だ。川の東岸に今もそびえたつふたつの大神殿を見に、世界中から観光客がやってきている。だけど、のら号がめざすのは、街じゃない。ナイルの西岸、岩山にかくれた〈王妃の谷〉だった。ん!? 〈王家の谷〉じゃないのかって? ツタンカーメンのミイラが眠っている。このふたつは岩山ひとつをへだてて、となりの谷にある。

そこまではぜったいにまよわない。ナイル河に沿って飛べばいい。その東岸は、鉄道が走る。夜、のら号はそれとすれちがった。〈ナイル・エクスプレス〉という超特急だ。

ナイルの東は生者の国、西は死者の国。そう信じられて、お墓は、みんな西側につくられた。ピラミッドもみんなそうだ。

ここをめざすわけは? 話を、きのうの真夜中にもどそう。ピラミッドのてっぺんの、そう、サミット、頂上会議ってやつだった。

「な、なんじゃとぉ、それはほんとうの話か、クフ。とても信じられん」

館長がうなった。

王妃の谷に、まだ発見されていない、墓どろぼうたちにも荒らされていない墓がある。三千四百年近くも眠りつづけてきた墓がある。

それも王妃の墓が。

クフ王は、そう言ったんだ。

「王妃の名は、アンケセナーメン。ツタンカーメンのお妃だった人なんだよ。

三千年以上も前につくられたお墓だからね。

墓どろぼうたちにかぎつけられて、いちど宝物もうばわれかけた。

谷には八十をこえる王妃や王子、王女の墓があったけど、みんな空っぽにされた。

それなのに、これは奇跡だ。

奇跡は、守りつづけていたものがいたからなんだ。ぼくは、会ってきた。みんなを待たせてしまったのは、そのせいだ。ごめん。

守り神はネコ。名まえは」

「バステト！」

いっせいに、みんな、その名をよんでいた。

「だけどさぁ、どうしてバステト、会いたいって言うんだよぉ、おれっちなんかにぃ。だいいち、どうして知ってるんだよぉ、おれっちのこと」

ぶるるって、半分毛を逆立てながら言ったのは、めさぶろだった。

「そうだよ。何千年も地下のお墓にかくれてて、なに食ってたんだよぉ」

「そうよ、三千年も四千年も生きてるなんて、それだけでこわすぎるわ」

「神のネコじゃなくて、悪魔の、じゃない？」

パトラちゃんが言うと、ペペがめさぶろが同じようなことを口ぐちに言いはなった。

クフ王がなにか言おうとしたのをさえぎったのは館長だった。

「わしらはな、クフ。みんな見ておるんじゃよ、闇の中でも青く輝くバステトを。バステトがわしらのことを知っちょるわけが今わかった。わしらのことは、おまえさんが話したのだと。

じゃがな、そもそも、おまえさんは、どうしてバステトを知ったんじゃ？」

クフ王の続けた話は、おどろくことばかりだった。

毎夜、ふしぎすぎる夢を見るようになった。闇の中にあらわれて光るネコが言ったのだ。

――使者を送ります。お願いがあるのです、クフ王。

「ぼくの名をよんだ。そして名のった。わたしはバステト、王妃さまの棺を守るものって」

クフ王は、三日、同じ夢を、くりかえし見た。そしてほんとうに使者があらわれた。ピラミッドのてっぺんの、あの鉄の棒に、それは舞いおりた。

「ハヤブサだった。

ぼくらフェネックには天敵だよ。使者なんかじゃない、エサにされるんだ」

クフ王は、命からがら、せまい巣穴に逃げこんでいた。

「だけど、いつまでたっても、なにごともおこりそうにない。そっと巣穴からのぞくとね、ハヤブサは待ってたみたいに、口にくわえてたものを落としたんだ」

それがなにか、見覚えがあった。

夢の中のバステトの、胸飾りの

一部だった。

「楽器なんだよ、古代エジプトの。名まえは、シストラム。ふって音を出すんだ。バステトは音楽をつかさどる神だそうだからかな、楽器の胸飾りは。ハヤブサの方も、神のひとりなんだよ。ホルスという名で、エジプトを守った王子の化身として石像やレリーフになって、あちこちの神殿に残されてる。ぼくは決心した。よびかけに応じようって。バステトを、ホルスかもしれないハヤブサを信じようって。ぼくがどうしてクフ王のピラミッドなんかにすむようになったのか。ぼくから選んだんじゃなくて、きっとそうさせた力があるんだ。そう命じた力があるんだって」

ずっとだまって聞いてたクックが、初めて口をひらいた。

「きみは思うんだね、これはなにひとつ、ぐうぜんなんかじゃあないんだって。うっかり密猟者のわなにつかまった。売りはらわれた先が、日本。そこに、わたしらがいた。

みいちろは約束した。みんなといっしょに、ふたたびエジプトへ来ると」

「そうです、クック。バステトはだれかに助けを求めているんです。その、ふしぎな力で念じて、それを初めに、ただひとり受けとれたのが、ぼくだった」

「クフ王の名のせいだね」

「そうです、きっと。これは、みんながぼくにつけた、あだ名です。だけど、このあだ名だって、ぜったいぐうぜんなんかじゃなかった。こうなるように、バステトとつながるようにした力がある」

クフ王は、バステトの胸飾り、シストラムをひろいあげた。そして言った。

「行くよ、ホルス。案内して。バステトのもとへ」

「そしてクフ王、きみは話した、バステトに。

空飛ぶネコたちがいる、って。

そしてきみは、ホルスを空に見あげながらナイル河に沿ってかけぬけ、ここにもどってきた。こんどは、わたしらを、そこへ案内しようというわけか」

クフ王が、深く、うなずいた。

「バステトはね、まよわなかったんだって。王妃がお墓へほうむられるとき、お妃のお付きの侍女にだかれて、お墓へ入ったとき。これはわたしの使命だって。信じたんだって、言い伝えを。

気高い使命を負った者には、永遠と言っていい命が与えられるって、言い伝えを。姿はきっと、そのときのままです、クック。生まれてきて、一年か二年か、きっとパトラと同じくらいのころだったのかもしれません。

だけど、バステトは、あそこに流れてすぎさった時間がどれだけなのか、まったくわかっていないんです。あの地下でおきたできごとも、きのうか、夕べしか、言えない。まるでその間の長すぎるときを、眠りつづけていたみたいに」

「そうして、まさに永遠の命をもろうた。言い伝えどおりに、バステトは……」

深い沈黙が続いた。それをやぶったのは、あの、びびりやになってたふたりだった。

「行こうか、めさぶろ」

「行ってもいいな、ペペ」

「わたしもいい。まだ半分以上、こわいけど」

パトラちゃんまでそう言った。

「決まりじゃな、クック」

「そのようですね、館長」

クフ王には、昼間は危険すぎた。とちゅうに、のら犬もいる。ホルスではないハヤブサも、ハゲワシもいる。走れるのは夜の間だけだ。往復するのに、一か月もかかったってクフ王は言った。だけどこんどはのら号だ。昼も夜も飛べる。クックの計算によれば、二日もかからないだろう。

ピラミッドのてっぺんを照らして、また一日分ふとった月がのぼった。その空に、ぷかりと、のら号は浮いたのだった。

5　名ガイドは、ピラミッドのキツネ

「なんだよう、あれっ」

初めに気づくのは、いつもめさぶろだ。

東の空が明けかけている。その空に、ひとつ、ふたつみっつ。あ、まだまだふえていく。

「熱気球だっ」

クックが指さした先に、なんと、数えきれないくらい、その数はふえていく。丸い頭をてっぺんに、それが下に行くほどしぼんで、ラッキョウそっくりの形だ。下に、人が大ぜい乗った横長のかごがつりさげられている。

となると、つくりはのら号と同じだ。ちがうのは、のら号は風船の力で浮いてから、パラグライダーに風を受けて飛ぶ。熱気球の方は、ガスバーナーで火を燃やして空気を温めて浮くしくみだ。

ラッキョウ気球の下で、ときどき、ぼばぁあって火が燃える。

「うわさは聞いてた。あれが観光客に人気のバルーンだよ、きっと。砂漠にナイル河、神殿と王家の谷。空からながめられるなんて、人気でるわけだね」

クフ王が、西に手をかざしながら言った。

もう、空をうめつくしそうな熱気球だ。ナイル河はそれを、ねぼけまなこで、見あげだしたにちがいない。

「ルクソールに着いたようです、館長」

クックが、館長をふりかえった。

ナイル河の西に、朝日をあびだした岩山がせまってきている。草一本よせつけない、かわきすぎてる岩山だ。王家の谷、王妃の谷は、きっとあの岩山にかくされてつくられたんだ。そして三千年も三千五百年も前から、今もある。空っぽにされたお墓をそっとかかえながら。

「そのようじゃな。じゃが、王たちの眠っちょる谷のすぐとなりなのに、なんと、にぎやかなこと」

「まったくです」

館長とクックがならんで、手をかざした。

ふえる、ふえる。なんていう熱気球の数だろう。青いナイル河と、ふたつの神殿を見おろしながら。

「どうじゃ、やらぬか、クック機長」

館長が、いたずらっぽく笑った。

なにを？　なんて、やぼなことを聞かなくたってわかる。クックがうれしそうに笑った。

「やりましょう館長。世界中から来てる観光客に、王家の谷より、ツタンカーメンのマスクよりすごいみやげ話、つくってやりましょう」

ふたりは声をあげて笑った。

クックが、みんなをふりかえった。

「持ち場につけっ。

今から、あのバルーンの大群の間を、ぬって飛ぶ。

うんと、おどろかせてやろう。特別に許可する。なにをやってもよろしいっ」

バルーンの群れが、ぐんぐん近くなってくる。もう乗ってる人、ひとりひとりの顔が見わけられる。向こうからだって、一ぴき一ぴきのネコの顔が見えだしたことだろう。

金髪が風にゆれてる。青い目が、顔よりでかそうに、見ひらかれている。すれちがうたびに、おどろく声がわく。きっと世界中のあちこちの言葉だ。バルーンにくらべたら、のら号なんか、ラッキョウとその種くらいちがう。だけど、ちゃんと飛んでるんだ。風船いっぱいで、その上にパラグライダーの翼なんか広げて。

操縦だってたいしたものだ。パラグライダーの糸を自由自在にあやつって、自分たちのバルーンの間をすりぬけていく。

指をさして、さけぶ青い目のご婦人。たいこ腹で、ひとりでふたり分はらったっていい、ビールっ腹のおじさん。もあもあの、ひげじゅう顔だらけ、おっとまちがえた、顔じゅうひげだらけのおじいさんが、なにを思ったのか、チョコレートをさ

しだした。手をいっぱいにのばして。

ネコにチョコレートなんか。まっ、ネコに小判よりはいいか。だけど、なんと、みみいちろが、かごキャビンから身を乗りだした。だけど手どうしは、遠すぎた。のら号が、すりぬけていく。バルーンの操縦士が、あわててよける。そっちの方も、さすがに操縦のプロだ。

「もう、いいでしょう、館長。みやげ話、たっぷりつくってやりました」

「そうじゃな。エジプトには、空飛ぶネコがいる、なんてな。観光客、王家の谷より、そっちの方を見にやってくるかもしれん。なにか、礼をもらわなくてはな」

ふたりは顔を見あわせて、ぐふぐふ笑った。

礼？　それなら、このわしが、しなくちゃならん。館長はそう思っている。この、・・・・・ゆうきゅうの大河ナイルの流れ。ピラミッド、スフィンクス。ツタンカーメンの目もくらむ財宝。そして、西にそびえたつ、王家の谷、王妃の谷をかくす赤い岩山。

五千年がつまっているエジプトの文明を、もうこんなに楽しませてもらった。
――長生きはするもんじゃ。
館長は大きく息をはいた。
バルーンの群れの、さいごのふたつの間をすりぬけていた。
ぺぺのやつが、なんと、あかんべーをしたんだ、かごの上に身を乗りだして。
めさぶろは、もっと悪い。なんと、おしりペンペンだ。こんなことしたら、もう
ぜったいに、チョコレートなんかもらえない。
「ほしかったなあ。あと少しで、手、とどいたのに」
みみいちろが言ったのは、どうやら本気らしい。
「えっ、チョコ好きなの、みみいちろさん。甘すぎない？　あれって。
シュークリームくらいなら、わたしもなめるけど」
パトラちゃんだ。
「みみ兄、甘党なんだよ、パトラ。

いちどなんかね、しのびこんだうちに、シャケの塩焼きと、ケーキがあった」

「ケーキ、選んだのか？」

ゴッゴが笑った。

「そう、ケーキ。おれはまよわずシャケ」

「めさぶろは？」

「欲ばって、両方。腹ペコすぎたからな。そのあとで、腹いたおこした。あれは、ケーキがはんにんだって信じてな、それからは、甘いもの、見向きもしなくなった」

みんな大笑いだ。

バルーンが遠くなっていく。

トウモロコシの畑が、はるか下をすぎていく。

「あれ、見て。クルナ村っていうんだ」

クフ王が指さしたのは、東から始まる王家の谷の入り口の山のふもとだ。

「今ではね、石でおみやげの工芸品つくってるんだそうだけどね、大昔は、どろぼう村だったんだって。

あのあたりの岩山、昔は〈貴族の墓〉ってよばれていたんだって。ほら見て、丘いっぱいのハチの巣みたいな穴。みんな貴族たちのお墓だったそうだ。

墓どろぼうたちはね、王家の谷も王妃の谷も空っぽにした。そうするのに、住むのは近いほどいい。ええい、いっそのこと、墓の山へ住んじゃえ」

ルクソール、そのころの名、テーベの都はほろびた。もう墓を守る兵士もいない。だからやりたいほうだい。どうどうと、どろぼう村ができたってわけだ。

「いいガイドだな、クフ王。

おまえを見なおしたぜ。日本で初めて会ったとき、食っちまわなくてよかった」

はなじろだ。もちろんじょうだんだけど、たちが悪すぎる。

クフ王が、びくって体をちぢめた。

「やめろ、はなじろ。おまえが言うと、じょうだんにも聞こえないよ。

クフ王、言っていいよ。おまえなんか、来るなって」

「もう来ちゃってるよクルナ村へ」

「へんな名まえ、まるで日本語みたい」

同時にそう言ったのは、みみいちろと、パトラちゃんだった。

そのクルナ村も、朝がきて、もうみんな起きだしたようだ。

お墓だった穴と、となりあわせみたいな日干しレンガの小屋から、男たちが出てくる。大きなのびをして、大あくびした。

「もう近いよ、あの岩山の奥に王妃の谷がかくれてて、バステトが待ってる。きっと、もうわかっているよ、みんなが、ここまで来てること」

クフ王が、西にせまった岩山を指さした。

朝日をあびて、岩山が、赤く輝きはじめていた。

6 待っていたバステト

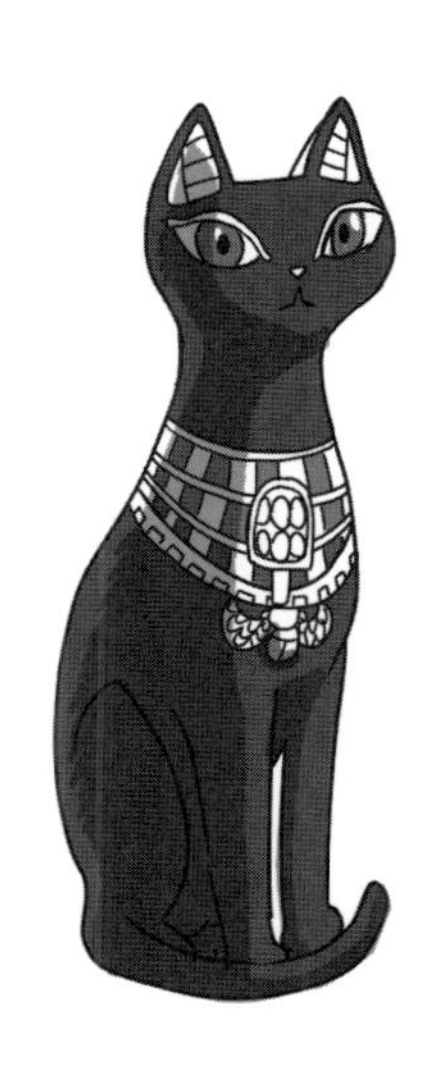

ここならいい。きっと人は来ない。

クフ王が言って選んだのは、王妃の谷のうら山のうら山。のぼるのにもけわしい崖のすき間だった。ここからだと、目的のお墓まで、だいぶ歩くみたいだ。

今や名ガイドになったクフ王が先頭だ。

「気をつけて。こんな死の谷にだって、生きられるもの、いるからね。いたっ」

クフ王が、とびのくみたいに足を止めた。

「サソリだよ。しかも、ずいぶんでかいっ」

サソリの方も、あやしいネコたちに気がついた。足をふんばって、しっぽの部分を高だかとあげて、いかくした。

おれに手を出すなよ、痛いめにあうぜ。

なんて言ってるにちがいなかった。

「こいつには用心だよ。しっぽの先が毒針だ。さされると命にだってかかわるからね。

だけど」

がらににあわず、なんていうすばやさだっただろう。クフ王は、前足で、サソリの頭を思いきりふみつけたんだ。ちゃんと毒針のとどかないところを知っているみたいにだ。

動けなくして、こんどはしっぽ。そのつけ根を、ぐりぐりふみにじった。

サソリは動かなくなった。それを見はからって、いきなりがぶりだ。むしゃむ

しゃごくんと、クフ王ののどが鳴った。

みんな、のけぞった。だって、こんなにすごいこと、この気弱そうな砂漠のキツネのすることだろうか。

「ぼくらには、あたりまえのことだよ。たぶんみんなの好物だって聞く、エビとおんなじ味だよ」

「そんけいしちゃったぞ。もしかしたら、おまえ、おれより強いんじゃないかぁ」

はなじろが、おせじでなく、そう言った。

山からくずれおちた岩のかたまりをまわった。

クフ王が、またとびのいた。さっきより、大きく、遠くへだ。

「気をつけて、コブラだっ」

石のすき間にそいつはいた。まぁるく、とぐろを巻いている。かま首を立てて、のどもとを広くひろげた。赤い、先がふたつに割れた舌を、ちろちろと動かしている。

「こいつは、まだ、いちにんまえじゃない。だけど、毒はもう、じゅうぶん。かまれたらラクダだって死んじゃうくらいすごいのを持ってるよ」

もちろんクフ王は、さっきのサソリみたいな手出しはしなかった。クフ王に言われるままに、みんなコブラを遠巻きにしながら、ようやく、なだらかな谷へ出た。

次にクフ王が足を止めたのは、なんと甲虫だった。日本にいるカブト虫よりひとまわり小さいだろう。だけど、角はなかった。

「ん！　こいつがスカラベじゃな」

館長が、その名を言った。

「そうです館長。だけど、どうして？」

「図書館の本でな、のぞき見しちょる。その本物に出会えるとはな……。

長生きはするもんじゃ」

スカラベは、サソリみたいに、コブラみたいに、身がまえたりしなかった。

なにか、まあるい球を、わき目もふらず転がしていく。逆立ちしたかっこうで、前足をふんばって後ろ足で、おしていく。

「スカラベは、神聖な虫だよ。太陽を運ぶ虫だって信じられてた。だからお守りとしてもたくさんつくられてきたんだ」

「なにを運んでるんだい、クフ」

みみいちろが、みんなを代表して聞いた。

「それが、フンなんだよ。これはきっと、ラクダのだよ」

「食うのかよ、フンなんか？」

「ちがうよ、はなじろ。これに卵を産むんだよ。幼虫は、これを食べて大きくなって、成虫になるんだ。

フンころがし、なんてよばれてるけど、昔は神の使いだったってわけ。あのコブラもだよ。王を守る役目

だってされてね。そうそう、ツタンカーメンのマスクにも使われてるそうだよ」

見た。あった。思いだしたっ。みんな、われ先に言いあった。

「すげぇ、おれ、おまえをますますそんけいする。ねっ館長、一流のガイドだよね、クフは。ほんとに、食っちゃわなくてよかった」

クフ王が笑った。

「みんな知ってることだよ、このくらいのこと。この五千年の文明は、エジプトに生まれたものの誇りだもの」

みんな、深くうなずいていた。

ん!? なんだろう、おかしな音がする。山向こうから近づいてくるのは、ヘリだ。ヘリコプターだ。だけど、人が乗るような大型のじゃない。

「ドローンだ」

ゴッゴが、真っ先に言いあてた。それならみんな見てる。なにかの写真でもとるためか、飛ばして楽しむためか、このごろマリーナ村の、ヨットハーバーでも、海の上を飛んでるのを見ている。それが、どうして、こんなところでも?

まさか!? いいや、まさかじゃない、きっとだっ。

「かくれよう」

クックの命令で、みんな岩かげにとびこんでいた。

ドローンは上でまわっている四つのプロペラをぶんぶん鳴らして谷沿いに東へ飛んで、山をこえて、消えた。

「もう、すぐそこです。バステトが待ってます。きっと首を長くして」

クフ王が岩かげからはいでて、言った。

崖がくずれ、大岩小岩がごろごろしている。

「入り口がわからない。大雨がふったみたいだ」

あちこち、かぎまわるみたいにして歩きまわって、クフ王が首をかしげた。

エジプトには、めったに雨なんかふらない。でも、十年か二十年かにいちど、この谷にだってふることがある。谷は、いつも枯れ谷になっているけど、おしながされてころがっている大岩小岩が、洪水がおきたなによりの証拠だ。

クフ王がここからピラミッドまでかけてもどっている間に大雨はふったのだろうけど、クフ王が言うこの変わりようは、そうとうの大雨がふって洪水がおきたにちがいない。

「あった。ここだ。この石をどかそう」

それでもクフ王は、とうとう見つけた。いちど洪水で流された石で、小さな入り口がふさがれていたんだ。

力をあわせた。小石はかきだし、大きな石は全員で引き、おした。

あらわれたっ。せまい、小さな穴がぽっかりと。だけど、ネコ一ぴきなら、なんとかもぐりこめるだろう。

「先に行くよ。ついてきてっ」

クフ王の背中が石のすき間に消えた。クックが、みんなをふりかえってうなずいた。

穴は、すぐに広くなった。下へ下へとおりていく。それが、いきなり広くなった。

石の階段があらわれた。両側も、しっくいでかためられた壁に変わった。人の手でつくられた、これはもうまぎれもない地下への通路になった。もう人間だって腰をかがめて頭を低くすればおりていける広さだ。

もちろん階段は、真っ暗だ。だけどネコの目はありがたい。うすぼんやりだけど見えるんだ。

階段が終わった。つきあたりに、しっくいの壁が立ちふさがった。そのど真ん中に、穴がひとつあけられている。荒あらしく、外から打ちくだかれたにちがいない穴だ。

クフ王が、ためらいもなく、そこへとびこんで姿を消した。

穴の入り口で、クックが止まった。ふりかえって、待て、と目で合図した。

みんな、心臓がへんになりそうだ。ほんとうにいるのか、この壁の奥に。三千年以上も生きてきた、神のネコ、バステトが。夢の中と同じに、青く輝いているのか。

壁穴から、クフ王がのぞいた。だまって、クックを見つめて、うなずいた。

「来て、バステトが待っている」

クックに続いて、みな、壁穴をくぐりぬけた。その部屋は、未完成のままだったらしい。天井も壁も、荒あらしいけずりあとが残ったままだ。そこを左へ曲がった。

こんどは、ちゃんとした部屋があらわれた。バステトはその入り口に立っていた。

なんていう、美しい青だ。体全部が、その光につつまれている。光は体の中からだ。

「とうとう、来てくださったのね。

クック、館長、そして」

ひとり残らず、名をよんだ。

じっと目をあわせて、

ひとりもまちがえないで。

姿は若わかしく、しなやかだ。

三千四百年？　どうしてだ。

この地下の墓へ入った、

そのときのままの姿でいるってわけか。

「わたしを信じてくれたのね。知っています、わたしが魔性のネコかもしれないって、みんながうたがったことも。

当然のことね。いったいだれが信じるでしょう、こんなわたしを。でも、これがこの先、いつまで続くか……」

「どうして？　なにを心配しているのですか、バステト」

クックが、静かに聞いた。

「岩をくだく音が、谷をほる音が、近づいてきているのです。あのときと同じ。そして、聞いたことのない、なにかうなりながら飛ぶ声が」

「バステト、あのあやしい空飛ぶもの。あれは、鳥じゃぁない。人間が空から地上をさぐるドローンという機械です。カメラというものを積んで、写真というものをとる。

もうひとつ、レーダーというので、音の波を出して、ぶつかって返ってくる波で、見えない地下までさぐれるのができた。その波が教えるんですよ、ここに、こんな形の空間があるって画像にして」

「では、いつか、ここを……」

バステトが、青い目をふせた。

ここは、玄室にちがいない。棺をおさめた部屋のことだ。人の形をした棺が、あざやかな絵でうめつくされていた。あの中に王妃だったアンケセナーメンが眠っているにちがいない。

ふたにえがかれているのは、生きていたときの姿だろうか。鼻の高い、目の大きな美しい顔立ちをしている。頭に、冠をかぶった姿で。

その棺の上に、きっと花たばだったにちがいないものが、そっと置かれていた。もちろん、枯れた花たばだ。なんの花だったんだろう。そういえば、ツタンカーメンの棺の上にもあったんだそうだ。それは、ヤグルマソウの花たばらしいことが、わかっている。

まわりは財宝でうめつくされている。すき間なんて、ほとんどない。あったってネコがようやくもぐりこめそうなのだけだ。

きっと、あれは身につけていた、衣装をつめた箱だ。その箱だってすばらしい。あざやかな、色と形の絵でうめつくされている。つぼがあり、スリッパもある。つる草で編んだかごには、豆や小麦まであふれてるんだ。死者は、よみがえる。そのときのために食べものを。これが、古代エジプトの人びとの考えだった。

王家の谷にくらべて、王妃の谷の墓は、どれもこれもくらべものにならないくらい小さくてせまい。

だけど、それでも部屋いっぱいの、この財宝だ。発見されればきっと、ツタンカーメンのときと同じような大ニュースになるだろう。だけどそれは、ちゃんとした調査チームに発見された場合だ。もし、そうでなかったら？

この壁の穴はいったいいつ、だれがあけたんだろう。

館長が、初めて口をひらいた。

「のう、バステト。今までに、もうあったんじゃろう、墓どろぼうどもに、ここがかぎつけられたことが。

きゃつらは、この壁を打ちやぶり、ここまで入った。じゃが、見わたせば、財宝は無事、守られたようじゃ。

なにがあった?」

「戦ったのは、このアヌビスです」

バステトは指さした。

その先に犬がいた。全身真っ黒な犬が、きちんと前足をそろえて、王妃の棺の上にすわっていた。みんな夢の中で、見ていた。木でつくられた犬だった。

「アヌビスは、棺を守る犬神なの。王妃さまの棺の上に、すわりつづけていたの。夕べから」

夕べでなんかあるはずない。

「わたし、眠ってたの。なにか音がして、目がさめると」

バステトのした話は、すごくて、こわすぎた。

墓どろぼうは三人組みだった。

壁は、ツルハシで打ちくだかれた。たいまつの炎がのぞいた。炎が、男たちのひげ面を赤く照らした。頭にぐるぐる巻きの、白いターバンまで赤かった。

ガラービアという、白い木綿の着物を着ている。丈は足首までかくしている。穴をほるのにも歩くのにも、ぜったいに不向きな服だった。おまけに、夜は目につきやすい。だけど今も昔も、エジプトの男たちにとって、いちばん着なれている普段着なんだ。その腰に、それぞれ、でっかいナイフをさしていた。

「とうとう、見つけたぜ。やっぱりあったっ。
約束してあるんだ、イギリスの大金持ちのだんなと。いつでも高く買ってくれるぜ。
明日っからおれたちゃ、大金持ちよ、村いちばんの」

「すげえ宝剣だ。見ろよ、このでっかいルビー」

墓どろぼうの親玉らしいのが、宝石で輝く宝剣に見とれながら、かっかっかと大口あけて笑った。笑いながら、宝石箱をこじあけた。

──わたしがここにいたのは、きっとこのときのためっ。

バステトは、棺のすき間で、毛を逆立てた。

引っかいてかみついて、戦うんだっ。だけど大男三人を相手に勝てっこないのは、わかりきっていた。

それでも、ふうっとうなりながら、とびだした。男たちは、なにやらさけんでとびさがった。

ネコだっ。全身が光るネコだ。もちろんおびえた。だけど、ネコはネコだ。大きさは、ちびライオンほどもない。けとばしただけで、すっとびそうなやつだ。

こんなのにおびえて、二十年も三十年もさがしつづけて、ようやく見つけた宝の山から、逃げだすなんて、もったいなさすぎる。

光るくらいなんだっ。ホタルっていうのだって、けつは光るそうだ。

「化けものめ!」

男たちは、すばやく腰のナイフをぬいた。

バステトが、そのいちばん前にいる男にとびかかろうとした、そのときだった。

バステトは見たんだ。黒いかげが、自分の頭をこえてとぶのを。

ぎえっと、うなる声がした。左手にかかげていたたいまつが、宙に舞った。炎をまきちらしながら、部屋の壁までとんでころがった。

どっとたおれた男ののどもとが、真っ赤にそまっていた。

次のひとりは、逃げかけた背中にとびかかられて、たおれた。これも、あっという間もなく、のどをかみくだかれていた。

うは、うは、うはっ。

三人めの男は、さけびながら部屋からとびだした。階段をはいのぼっていくのがわかる。放りだされたたいまつが火の粉をまきちらしながら、階段を転がりおちてきた。

バステトは、まったく知らないでいた。アヌビスが生きていたなんて。ほんとう

の守り神は、わたしじゃなかった。アヌビスだった。

バステトはさけんでいた。

「アヌビス、宝が！」

あの、たった一ふりの宝剣だけど、この墓にとっては、一大事になる。あの男はきっと、こん棒や山刀で武装してやってくる。新しい仲間だって引きつれて。

「とりかえして、アヌビス！」

ところがだった。あんなにはげしく戦ってくれたアヌビスが、うなだれたみたいに、ちぢこまった。

なんと、あとずさりしたんだ。

きっとあれは、悲しい目だった。なにか言いたげに、バステトの目を見た。

「いいっ、わたしがとりかえすっ」

バステトは、壁穴をすばやくぬけた。石の階段をかけあがった。すぐ先に、かすかな星明かりが見えた。外に出れば、きっと空には、満天の星だっただろう。

どんと、体になにかがぶつかった。バステトは横だおしになった。そうしたのは、かけあがってきたアヌビスだった。

来るな、って、目が命じていた。

そのアヌビスが帰ってきたのは、夜明け近くだった。あの宝剣をしっかりと口にくわえていた。だけど、いったいどうしたことだろう。足どりがあやしかった。

宝剣はとりもどしたとでも言ったように、バステトの足もとにぽとりと落とした。

体の動きが、ぎこちなく、かたかった。それでもアヌビスは、息たえた男のえりもとをくわえて引きずって、玄室から、となりの未完成の部屋まで、なんとか運んだ。ふたりともだった。

アヌビスは、それから砂をほった。穴がじゅうぶん深くなると、ふたりの男をその穴に引きずりこんだ。そしてうめた。逃げだしたもうひとりも、きっとそうしたにちがいない。

バステトは、その間、ずっとアヌビスに話しかけつづけた。

ずっと生きていたの？　これからは、生きたまま、ここを守ってくれるの？　どうして今まで、木のままでいたの？　わたしをひとりぼっちにしておいたの？　だけど、アヌビスはひとことも答えてはくれなかった。男ふたりの上に、こんもりと砂の山をもりあげてほうむると、よろめきながら棺にもどった。その上によじのぼったのが、さいごの力だった。そしてきちんと前足をそろえて前の姿にもどった。

「わたし、知らなかった。こんな力をアヌビスが秘めていたことを。夕べから、ずっといっしょにいたはずなのに。

王妃さまの棺を守ったのは、このアヌビスだった。アヌビスに、たったいちどの命を与えたのは、いったいだれ？　わたしの方はまだ生きている。役立たずの命をもらって」

役立たずの命？　そんなはずがあるものか。バステトがいるから、今だってこうして、王妃の墓は守られてるんだ。ぺぺにだって、めさぶろにだって、それはわかるはずのことだ。

「それでじゃな、バステト。わしらが、おまえさんの夢でよばれたのは」
館長が聞いたけど、それはもう、みんな感づいていることだった。

しっ。

みみいちろが、口に指をあてた。それが合図だったみたいに、音がする。音と、かすかな振動が、伝わってくるのは、みんながおりてきた入り口の方かららしい。

「このごろ、毎日なの。夕べも、その前の夕べも。聞こえてくるの、あのアヌビスの夜と同じ音」

きっとあれは、岩をくだく音だ。砂がざくりとほられる音だ。

今来たら、どうする!?　作戦は、クックだってまだ、立てちゃぁいないだろう。

ぺぺが、めさぶろが、ふうぅってうなって、全身の毛を逆立てた。みんな息をころして、ただ待つしかないみたいだった。

だけど、よかった。音がやんだんだ。きっと王妃の谷に朝が明けかけているにちがいない。

ようやくみんな、全身の力をぬいた。

「ここまでせまっておったのか。ま、なにがどうなるにせよ、バステト、わしらはここまで来てしまった。

あるんじゃな、この、ふしぎの国エジプトには、わしらをこうさせた、秘められた力が。

まっ、いずれにせよ、わしらは腹がへった。それに、のどもからからじゃわい」

館長が言いながら、クックに目くばせした。

「また、今夜来ます、バステト」

「いいねバステトは、なんにも食べなくたって生きてられる。永遠の命って、だれにたのめばもらえるのかな」

だめだ、ぺぺはやっぱり、なんにもわかっちゃいなかった。

さて、これからどうするか。バステトの前では話しにくいことだってある。

王妃の谷を、かけ足で、のら号までもどった。朝のカリカリごはんが終わった。

7 墓どろぼうと、しゃれこうべ

「さて、クック、どうしようかの。バステトの話によれば、墓は、二組みのやつどもに、かぎつけられちょるようじゃな」

「はい、館長。ひとつは、墓どろぼうたち。

もうひとつは、どろぼうではない。きっとエジプト政府から許可をとった調査隊でしょう。あのドローンは、かれらのです」

「そういえば、おれ見たよ、ここへおりる前、谷の向こうに、テント三つあった。ジープも一台、とまってた」

やっぱり、めさぶろの目だ。見たのは、ほかに、だれもいなかった。

「いっそのことさ、どろぼうよりも先に調査隊が発見すればいいのにな。そうなればあの宝の山は、きっと博物館行きだよ」

めさぶろだ。

「だめよ、それはっ」

パトラちゃんが、ぴしゃりと言った。

「どうして、それってていいよ。調査隊に教えちゃおうよ」

ぺぺだ。

「だめなものはだめっ。わからないの？　あなたたちには」

館長とクックがうなずきあうのを見て、ふたりはだまった。

「行ってみましょう、館長。敵のことは知っているほど、戦いやすいですよね」

「そうするか。で、どっちからにする？」

「調査隊が先がいいでしょう。かれらは昼間、どろぼうたちは、夜。クルナ村の方をあとに」

もちろん、みんな、うなずきあった。山すそをまわった。大岩小岩がごろごろしていて、テントには、ぎりぎりまで近づけた。

「うまそうなにおいだ。ん!? 目玉焼き、チーズに生ハム。なんだよ、朝っぱらから。ぜいたくそうに」

はなじろの出番だ。だけど、その、じまんの鼻はなんにも役に立たなかった。みんなの腹の虫を、ぐうぐう鳴かせただけだった。

テントから男たちが出てきて、大きなのびとあくびをした。

五、六人いる大男の白人たちばかりだ。
話し声は、遠すぎた。ここは、みみいちろの出番だ。だけど残念ながら、話す言葉は英語らしいし、聞こえてもわからなかった。

「データが出たよ。谷すじはだめ。ところがドローン、うんとあげて、崖ぎりぎりを飛ばしたらね、これだ」

男たちが、食卓の上に顔をよせあった。

「あやしいな、このしましまの影」

「だけど、ほら、あの大雨のあとだろ、せっかく写真もとれたのに、崖がくずれて、どこだったか、わからなくなっちゃったんだ」

「行ってみるか、とりあえず」

「それがいい。もっとくわしく、地上から」

「ところで、へんな話、聞いたよ」

目玉焼きをひと口でのみこんだ日にやけた男が、話を変えた。

「あれだろ、ネコがバルーン、乗ってたって」

「ぼくも聞きましたよ。ルクソールの街ではアカンベネコってよんでるらしいです」

いちばん若い助手みたいな隊員が、トマトをフォークでつきさしながら笑った。

「まっ、きっとかごの中に人間がかくれてて、いたずらしたんだろうが。だけど、よくしこんだもんだ。アカンベや、しりペンペンなんて。だけどそれもありか、なにしろこの国だものな」

話していることはわからない。だけど、これだけはわかる。調査隊は、今日も来る。ドローンだけじゃない。地下をもっと正確にさぐれるレーダー機器なんか持って。

「行こう、次はクルナ村だ」

クックが、そっと立ちあがっていた。

日がくれるまで、時間がありすぎた。この谷は、昼間、暑すぎる。それまでは、お墓の中がすずしくていい。そして夜がきた。

「クルナ村へは、全員で行かない。なにがおきるかわからないからね。館長は、残ってください。それから、パトラとぺぺ、めさぶろもね」

行きたいよ、つれてってよって、みんな口をとがらせたけど、館長が、目で、そうしろって言った。

「クフ王は、いっしょに来てくれるかい。道案内と、そうだね、通訳をたのみたい。この国の言葉がわかるのは、きみだけだからね」

もちろん、クフ王はうなずいた。

「クック、気をつけて」

バステトがかけよって、見送った。ぐりぐりと顔をクックの胸におしつけて。

谷の空を、今夜も星がうめつくしていた。墓どろぼうたちが動きだすのは、いつごろからだろう。あんまり早すぎると、きっと村のほかの男たちにあやしまれるはずだ。

となると、動きだすのは真夜中近くだ。

明かりが、ぽつんと見えてきた。小高い岩山の中腹あたりまで、日干しレンガの壁で、びっしりうまっている。貴族の墓が集まっていた丘の、今は、ハチの巣みたいに穴だらけにされたクルナ村だ。

そっと、小屋のひとつにしのびよった。しのびの足なら、ネコにかなうものはいない。ものかげにかくれるのも、ネコの得意技だ。小さな鉢、日干しレンガのふたつ三つあればじゅうぶんだ。

イチジクの木が三本、しげっている。乾燥に強くて、こんなカラカラの大地でも実を結ぶ木だ。木は三本とも高く、ほんのりと色づきかけてる実がいくつもある。

その木から少しはなれた小屋の小さな窓から、明かりがもれていた。ほかの小屋はもう寝静まってるみたいだ。

みんな、戸口のすき間から、そっと中をのぞいた。男が四人いた。外へ出かけるしたくをしているみたいだ。村が寝静まるのを待っていたにちがいない。

「さて、行くか。うまく行きゃあ、今夜よ。おがめるぜ、お宝の山をよ」

男のひとりが、ガラービアのすそをつまんで、腰帯につっこんだ。長く歩くには、やっぱりその方が楽だ。

「来るよ、あいつたちが、墓どろぼうだっ」

クフ王が、早口で言ったそのときだった。

「犬だ、クック。犬が来る！」

はなじろの鼻が、ようやく活躍した。その声と同時だった。

うぉん、うぉんと、おそろしいほえ声だ。あれはまちがいなく、体のどでかい犬のだ。それは声でわかる。小型の犬のは、かん高い。だけど、大型のは低くふとく、力もある。そのことは、みんな知っている。

前の旅で、のら犬の群れに追われた。あのときのこわさは、忘れようったって忘れられない。むきだしの光った牙だって、目にやきついているし、逃げたってむだだ。足の速さで、かないっこない。

「イチジクの木へのぼれ！」

クックが仲間をふりかえりながら、その一本にかけあがった。木のぼりなら、ネコの大得意だ。それに犬はのぼれない。だけど、クフ王は？

そのクフ王も、すばやかった。小屋のすぐ横にある穴にとびこんでいた。入り口はせまい。きっと、中は深い。なぜって、墓どろぼうたちが好き放題にほった墓なんだから。もしかしたら、アリの巣穴みたいにあちこちにつながっているかもしれない。

なんと、みみいちろが、クフ王に続いた。穴の入り口でクックを見あげた。

「あとでクック。バステトのお墓でっ」

言いすてて、姿は消えた。

犬たちは、六頭もいた。耳がぴぃんと立って、あごの長い、見るからにどうもう・・・・そうな灰色の毛なみの六頭だ。

のら犬かどうかわからない。もしそうでなかったとしても、食べものの少ない、砂漠の国だ。きっと人のくらす村や町をうろつきまわりながら、ゴミの山をあさっている犬たちだろう。やせていて、もちろん首輪なんかしてない。

イチジクの木は、とりかこまれた。長い足の、高いジャンプだ。それもだけれど、おそろしいのは、そのほえ声だ。

小屋の男たちが、とびだしてきた。犬のほえてる先の、木の上に気がついた。

――なんだってネコなんかがいるんだ。しかも三びき？

――それより、まずいぞ。村のやつらが出てくる。こんなにさわがれたんじゃぁ。

――ほっとけ、行くぞっ。

きっと、そう言いあったにちがいない。男四人は、ごつごつの石の坂をかけおりた。スコップやツルハシをかついでだ。

墓どろぼうたちのした心配はあたっていた。今のいままで眠っていたあちこちの小屋に、明かりがともった。

絶体絶命って、これを言うんだ。クックもゴッゴもはなじろも、できるかぎりてっぺん近くの枝にしがみついていた。幸い、穴に逃げこんだクフ王とみいちろに気づいた犬は、いなかったようだ。

——なんだよぉ、なにほえてるんだよぅ、のら犬どもはぁ。

——ん!? ネコだってぇ? だれか飼ってたか。

——村じゃ飼ってない。じゃぁ、どっから来たんだ?

声は、きっとそう言いあってるんだ。イチジクの木を指さしながら。

聞いたぞ。あいつらだ、きっと。バルーンに乗ってたっていう、アカンベネコだ。

もしかしたら、ひとりくらいは、あのことを聞いていたかもしれない。

男たちは、ふえた。だけど、だれも犬たちを追いはらってはくれそうになかった。へたに手出しすれば、向かってくるかもしれない危険だってあるからだろうか。

このままイチジクの木の枝に釘づけにされたまま朝がくれば、太陽はいじわるく、じりじりとやきはじめるだろう。のどはからからになって、しがみついている力にも……。

だめだ、クック。どうしよう？

そのクックにだって、どうもできない。と、そのときだった。

頭上に風がわいた。ゴッゴが宙に浮いた。なにかが、ぐいっと、体をひっつかんでいた。

しまったっ、敵は上からも来たっ。ゴッゴは、わしづかみにされながら見た。ワ

シカ、タカだっ。夜なのに！

おっ、ハヤブサだ。食われちまうな、アカンベネコ。

村の男たちは、そう思ったにちがいない。

ゴッゴだってそうだった。ところが、なにかちがうみたいだ。胸にくいこむ爪は痛いけど、なんだか、かげんしてるみたいだ。

あのホルスなのか？　もしそうなら、敵じゃない。味方かもしれないっ。

ホルスがまたイチジクの木に帰ってくるのに、そう時間はかからなかった。二番めはクックだった。

「はなじろ、先に行け。

ホルス、たのむ」

いちど、クックをつかみかけていた爪が、はなじろをつかんだ。さすがにクックだった。飛びさっていくゴッゴを見て、ホルスの役目を一瞬で読みとったにちがいなかった。

犬たちは、くやしがった。三番めになったクックを、ほえながらあとを追ったけれど、岩山の反対側に姿が消えたあたりで、あきらめた。

クックたちは、バステトのいるお墓近くで無事、また会えた。なんとそこには、ゴッゴより早く、クフ王とみみいちろもいた。

「穴がね、迷路みたいだったけど、丘のてっぺんに出られた。出るとね、ホルスが来て」

みんなを助けてくれたのに、ひとことのお礼も言えなかった。ホルスは、さいごのクックを、見あげてるみんなの真ん中にぽとりと落とすと、見る間に、谷の夜空へ消えていた。

「急ごう、来るぞ、あいつたちが」

クックが、走りだしていた。

みんな、バステトの守る財宝の部屋で、頭をつきあわせていた。

みんな、階段のいちばん上にかたまって、砂をほる音、石をどかす音を聞いた。

「来るっ。もう戦うしかないです、クック」

はなじろが、全身をぶるるってふった。武者ぶるい、っていうのだ。

「戦うよ、おれだって。タクちゃんじこみの虎爪の技、もういちど使ってやるっ」

「おれもっ。いちど試したかったんだ」

めさぶろとぺぺも武者ぶるいした。

だけど、だけど、相手は人間。スコップやツルハシだけじゃない。きっと短剣くらいはかくし持ってる。いくらすばやくたって、ネコの爪や歯くらいで勝てるわけない。

アヌビスは？　こんどは？　だけど、だめだろう。バステトの話によれば、あれはそのときのための、たったいちどの命だったにちがいないんだ。それでも、もしかしたら？　なんて、みんな思いながらアヌビスを見あげたけれど……。

戦うなら、せまいところの方が有利だ。ネコたちにとっては。なぜって、男たちは、武器になるものをふりまわせない。

「階段でむかえうとう。虎爪の技、ぞんぶんに使え。ねらうのは目と鼻だっ」

クックの合図で、みんながかけだそうとしたときだった。バステトが、さけぶみたいに言った。

「待って、ひとつだけあるわ。追いはらえそうな方法が」

「なんだい？　なんだってやるよ、おれたちは」

こんなときのはなじろは、いつも力強い。

「わかった。こっちへ来てっ」

バステトは玄室を走りでた。指さした先は、未完成の部屋の砂の、もりあがっている片すみだった。

なにをするのかわかった。はなじろが砂山にとびついて、ほりはじめた。

「きゃああ」

やっぱり初めに悲鳴をあげたのは、パトラちゃんだった。それに、やっぱり、夕べでなんかあるもんか。たったひと晩で、ミイラやがい骨ができるはずない。

その、全身は無理だ。ほりだされたのは、しゃれこうべふたつと、骨になった腕二本だった。

やるんだ。やるしかない。

たいまつの火の粉がふきこんできた。戦うのは、ここだ。玄室には、一歩だって入られちゃあいけない。もし財宝をひと目でも見られてしまったら、たとえ今はふるえあがらせて追いはらったとしたって、あきらめるものか。墓どろぼうたちは、きっとまた来る。

初めのひとりが、腰を半分に折って壁穴をくぐった。たいまつを右手いっぱいにつきだして、あとに三人が続いた。

「なっ、とうとうだぜ。

まちがいねぇ。この右の奥に、きっとお宝の山だ。

ありがてぇよな、あの〝国際プロジェクト〟とかいう、えらぶった名まえの調査隊よ。あの、へんてこなヘリ、しつこくしつこく谷飛ばしてよ。リヤカーみたいなの、引っぱってよ。あれじゃぁ、ここにありますよ、お宝かくした墓がって。わざわざ教えてくれたみたいなもんだ。

科学だかなんだか知らねぇがよ、おれたちの山犬みてえな鼻と勝負して、勝てっこねえ。なんてったって、ご先祖さまはクルナ村の墓どろぼうさまのご一家だぜ。まっ、あんまりじまんのしすぎは、みっともねぇが。なぁ、父っつあんよ」


父っつあんとよばれたのは、やせた老人だった。ほかのふたりは、きっとその親せきかなんかだろう。


「村の言い伝えは、ほんとうだったたってわけだなぁ。百年ばかり前だ、村の男が三人消えちまった。あのツタンカーメンの少しあとだって話だ。

山犬かハゲワシに食われちまったにしたって、骨のカケラひとつ見つからなかった。

あれは、どっかの墓さぐりあてたが、生きうめんなったんだ。つまりよ、〝ミイラとりがミイラになった〟っていうやつよ。

うめえこと言ったもんだな。へたすりゃ、そのとおりんなっちまうのが、墓どろぼうさまの運命よ。

それでも村の男たちゃ、やめられねえ。だがそれも百年前で、とうとうおしめえだ。ツタンカーメンの墓がさいごでよ。

村の男たちゃ、それから牙ぬかれた山犬になりさがっちまった。おとなしく、石のスカラベやネコなんかつくって、みやげもの屋だ。

おまえの言ったとおりだったな、息子よ。墓はまだかくれてる。三人の男がミイラんなっちまってる墓がって。

さすが、クルナ村の男よ。ご先祖さまが、喜んでるぞ。おれを大金持ちにしてくれ。長生きはするもんだ」

ん!?　なんと、父っつあんは、館長とおんなじことをいった。ごほごほと、せきをしながらだったけど。

それにしても、よくもまあ、しゃべる父っつあんだ。

その父っつあんが、いきなり、うへぇ！　って悲鳴をあげた。ふるえる指が、曲がり角を指さした。

うへぇ、うへぇは四人分になった。なかなかのハーモニーだ。名づけるなら、合唱団〝うへぇ〟というのはどうだろう。

しゃれこうべが、砂の上をじわじわってはいよってくる。うつろな目をあけて。それがふたつも。はいよってくるんだ。

壁から、がい骨の腕がのぞいた。指が、カタカタ音をたてて、おいでおいでまでしてるんだ。

合唱団うへぇの団長が、たいまつを投げつけた。あぶなかったけど、しゃれこうべの中に頭をつっこんでいたはなじろとめさぶろは、だいじょうぶだった。

バステトの出番で、仕上げだ。投げつけられたたいまつは消えかかっている。闇にもどりかけた墓の中に、青白く光るネコが、ふうっと牙をむいて、全身の毛を逆立ててふくらんだ。

な、なんだってぇ!? はいよってくるしゃれこうべと、手まねきするがい骨で、次は青く燃えるネコだって!?

われ先にだった。四人がせまい階段に殺到した。

もう、仲よし合唱団じゃなかった。ひとりがガラービアのえりもとを後ろからひっつかまれて、引きずりおろされた。背中を乗りこえようとした父っつあんは、〝孝行息子〟にふりおとされて頭をけとばされていた。

ころはよしっ。さあ、全員の出番だ。牙をむきだせ、爪を思いっきりのばせっ。虎爪の技で思いしらせてやれ。

墓どろぼうたちは顔を引っかかれた。鼻もおでこも、ほっぺたも傷だらけだ。もう目もあけていられなかった。合唱団うへぇは、うぎゃぁになった。

真っ暗闇の階段だから、なにがいて、こうされているのか、わからなかっただろう。見えたのは、青く燃えて毛を逆立てた、あのネコだけだった。そうだ、きっと。かんだのは、ひっかいたのは、あの化けネコだ。いいやちがう。

バステトだ。ネコ神さまってほんとうにいたんだ。

墓どろぼうたちは、悲鳴をうぎゃうぎゃ残して、出口に消えていた。と、それを待ってたみたいに、もうれつな風がふきこんできた。

8 バステトとクック

外のようすは、がらりと変わっていた。砂がふきだまりになって、あちこちに大岩小岩をうめている。砂嵐にけずられた岩山が、朝日をあびて燃えるように赤かった。

みんな、だまりこくって、ただ歩いていた。のら号にもどって、朝のカリカリと水。それからまた、王妃の墓にもどる。だけどもう、この谷に長くはいられない。

とりあえず墓どろぼう一味は追いはらった。

『これでまた、しばらくは、だいじょうぶです、クック。あれは、砂嵐。きっと、どろぼうたちの足あとを消してくれました』

バステトは、谷をふきぬける砂嵐の音を聞きながら、夕べ、そう言った。この夕

べは、ほんとうの夕べだ。

砂嵐は、ふつう昼間おきる。砂漠が太陽で熱くなりすぎて竜巻が砂を巻きあげる。夏は、めずらしいことでもない。だけど、それが、なんと夜、おきた。どろぼうたちをまるで待っていたみたいに。

王妃さまの棺を守ろうとする力が、まだエジプトにはある。バステトはそう言った。じゃあ、それを信じて別れるしかない。富士山丸との約束に、あと二日がぎりぎりになった。

みんな、半分だまりこくって、のら号に向かっていた。

人の声が聞こえた。大岩の向こうからだ。どこでもいい、かくれられそうなところへ、みんな、いっせいにとびこんだ。

「まったく、ひどい砂嵐だったなぁ」

「もうちょっと長くふいたら、生きうめだったな、あの四人」

「ええ、砂から、首だけが四つ出てて。生首だって思いましたよ」

「それが、砂だらけのまつ毛ひらいて、口きいた。助けてくれって」

「きみ、悲鳴あげたよな、うへぇって」

合唱団うへぇの団員がひとりふえてたってわけだ。もちろん入団はしなかっただろうけれど。こっちの四人は、あの国際プロジェクトのメンバーだった。

「だけど、おれたちが見つけなけりゃ、どうなってたかな」

「おびえてましたねぇ。なんだか、地獄でも見てきたみたいに」

「そりゃ、そうだろう、砂嵐で生きうめになりかけたんだから。だけど、ほりだしてやったのに、礼も言わないで逃げてった」

「だけど、どこにうまっちゃったんだろうな、あのレーダー探知器」

「ドローンも、砂が入りこんで、分解して、そうじしなくちゃ飛びませんよ」

「しかたないな、そうしよう。だけど、きのうはドローンのやつ、大活躍だったな」

「そうですね、あれ、きっとうわさの、アカンベネコのですよ。あんなところにかくれていたなんて」

「あやしいな。いったいなにしてるんだよ、こんな食いものもない谷で。もしかしたら、宝さがしか。あそこが墓の入り口だったりして。ま、これはじょうだんだが、おかしすぎるネコたちだってのは、たしかだなあ」

「あっ、隊長、あの崖ですよ、きっとっ」

若い助手がいきなり指さしたのは、崖のてっぺんが三つに分かれている、真ん中がすっぽりへこんでいる岩山だった。そこは、地上からはどこからも見えない。それを見つけたのなら、さすが、ドローンの目だ。のら号はばっちり、上から写真にとられたってわけだ。

「調べてみるか、明日。ネコたちにはへっちゃらだろうが、急な崖だ、おれたちには。ロープなんか、きみ、したくしとけよ今日中に」

クフ王が、低くさけんでいた。

「たいへんだっ、クック。のら号、見つかっちゃったみたいだ！」

「そのようだ。急ごう！」

男たちの声が遠ざかるのも待ちきれないみたいに、クックが岩かげから立ちあがった。

「だけど、このことはバステトには言うな。よけいな心配はかけたくないっ」

のら号も、ひどいことになっていた。風船もほとんどが、ぺしゃんこになっていた。夕方近くまで、修理に追われた。風船は、幸い予備がある。それをふくらませて、糸にくくりつける。翼に異常はないか。食料と水は、飛ばされていないか。プロペラ扇風機はだめ。すき間に砂が入りこんで、もうまわりっこなかった。すてるしかなかった。西の砂漠に陽がしずんだ。

「お別れですね、クック」

バステトは、きちんと前足をそろえて、あの、博物館にならんでいたいくつもの石の像と同じ姿勢で、じっとクックを見つめた。

「地球は丸い。海というののはては、滝になって落ちてはいない。太陽神ラーは、動かない。動くのは、わたしたちのいるここ。地球っていうんですね。月と同じ、星と同じ。夢でお会いしたときから、たくさんのことを教えていただきました。クック。あの空を、自由に飛べて、みんなとした、数かずの冒険。楽しすぎるお話でした」

クックは、口をへの字に、かたく結んだままだ。

墓どろぼうたちは追いはらった。だけど、あのプロジェクトチームは？　砂嵐は、とりあえず、ここへの入り口はかくしてくれた。だけど、クフ王の穴ほりくらいで、また入れたんだ、この玄室へ。

いつか、ここは発見される。世界中がまたおどろく。ツタンカーメンがさいごじゃなかった。なにぃ、しかも、その妃、アンケセナーメンの墓だってぇ!?

バステトは、そのとき、どうなるのか。青く燃えながら、発見されるのか。三千四百年もの昔から、王妃の棺を守りつづけたのかもしれない、神のネコ、バステト。こっちの方が大さわぎになるはずだ。どんな財宝よりもだ。

そうなったとき……。クックははげしく首をふった。

「わたし、初めて、王妃さまに言いました。もう、いいでしょう、王妃さま、って。とうとい使命だったと、誇りに思っています。でもきっと、その日がきたとき、わたしにはもう、なにもできない。だからでしょう。こうしてクックをよび、わたしに会わせてくださったのは。きっとそうですね、王妃さま。王妃さまのくださった、ごほうびなのでしょう?」

バステトは言いながら、積みあげられているものの中から、なにかをとりだした。楽器だ。ネコがかかえてひくのに、ぴったりのあのシストラムだ。

「わたしがたいくつしないようにと、つくってくれたのでしょうね、女官のひとりが。でもわたし、きのうまで手にとったこともなかった。でも使えるのよ、クック。聞いてください」

シャリリ、シャリリと音がした。わくの中に横棒が二本。そこにタンバリンみたいな、金属の丸い板がいくつも通してある、ふって鳴らす楽器だった。バステトの

言う、数えきれないきのうから、ずっと続いている
エジプトの民族楽器だった。
バステトは、そのシストラムを静かにふりながらうたいだした。

ときよ、どうしてなの？
くるときは　あんなにゆっくりと
ようやく、きのうをきょうにして
いくときは　どうして　はやいの
もう、きょうを、きのうにしてしまう
砂漠をこえて　ナイルをわたって
ようやく来てくれたのに
もう　つれていってしまうのね
いとしいあなたを

歌は悲しいのに、声はふるえていなかった。

さすがだった。バステトは音楽もつかさどる神のネコ、というのはほんとうだった。すんで心にしみとおる声だった。

「バステト、わたしも思いは同じだ。あなたといたい。だが、あなたをつれてはいけない。わたしがここに残る」

クックが、ほとばしるように言った。

「だめです、クック。あなたにはみんなを無事に、あなたのお国へつれかえる使命があります」

「いいや、それはたぶん、だいじょうぶだ。ゴッゴはもう、りっぱにわたしにかわって機長はつとまる」

「いいえ、いけません。わたしひとりのせいでこんなところに……。それはだめです。あなたは、みんなのクックですっ」

「くればいい、クックといっしょに。もうお墓はだいじょうぶだろうって、クフ王が言うんだから。そうだろ、クフ王」

クフ王は、へんじもしなかった。

ぺぺは、やっぱりなんにもわかっていない。

「それはできないの。あなたにはわからないのっ？」

パトラちゃんがぺぺをにらんだ。

クックは、苦しそうに顔をゆがめた。

「クック、わたし、ほんとうを言うと、もうつかれました。わたしひとりになって、この先、いつまで王妃さまをお守りできるのか。

・・・

きのうの夜のアヌビスのことお話しましたね、クック。アヌビスはあのときのただいちどの命でした。それはきっと、自分でもわかっていたことでしょう。それでもああしました。だもの、わたしだって。

だから、クック……」

「いいや、バステト」

なおもなにか言いかけたクックを、館長がさえぎった。

「クックよ、わしらは先に行っちょる。どうするかは、おまえさんが決めよ。おまえさんが、ここに残るとしても、わしらはみな、それにしたがう。と言うても、もう時間はそうないが。のう、ゴッゴ、ぎりぎり、いつまで待てるかな、のら号は」

ひとつ、またひとつ、またたきながら星が消えていく。のら号がクックを待てる時間はもう、ぎりぎりになっていた。

「来たよっ、クックひとりだ！」

谷を見つめていためさぶろがさけんだ。

ナイル河にも朝がきかかっていた。川向こうのルクソールの街はまだ眠ったまま

だ。風船の力だけで、じゅうぶん高くなった。さあ、翼を広げよう。王妃の谷と、お別れだ。

クックは、ふりかえらなかった。だけど、どんな思いでいるのだろう。バステトと、なんと言って別れてきたんだろう。

操縦をまかされているゴッゴは、決めた。もういちど、まわってやろう、クックのために。バステトのいるこの王妃の谷の上を。

クック、そうするよ、いいね!?

ロープに手をかけた、まさにそのときだった。

みんな見たんだ。青い光が走ってくる。谷の真ん中をただひとすじに。

「だめだっ、バステト、そこから出ちゃだめだ！」

クックはさけんだ。さけびながら、ゴッゴのあやつっていたロープに、うばいとるみたいにとびついていた。

「谷におりる」

ナイルの水面が、また少しだけ明るくなってきた。向こう岸に、神殿がそそりたっている。王の石像や丸い柱。そこには、みごとな絵文字が浮きぼりにされて。

「覚えています、クック。わたしは、あのルクソール神殿にくらしていたの。王妃さまと、いつもごいっしょに。

それが、あんなにくずれてしまって。あのころは、屋根も天井もあったのに。神殿の壁も、みごとな色にぬりわけられていた……」

いくつものきのう。そこにバステトの知らない、どんなときが流れたんだろう、このナイルのほとりに。バステトは、それを今、空からながめおろしていた。クックによりそわれながら。

「花、花だわ、クック。あのときといっしょっ。王妃さまがほうむられたときと。すごいのよ、クック、花の種って。何十年かにいちど、気まぐれにふる雨。すると、そのあと、いっせいに花が咲くの。

この王妃の谷を花の谷に変えてうめつくすの。そして大あわてで種を結んで枯れて、次の雨を待つ。ひっそりと砂にかくれて、いつまでも、いつまでも待つの。砂漠の奇跡ってよばれていたのを覚えてる。わたしはそれを見て、外の世界と別れた。そして、同じ奇跡の日に、また……。

わかっていました。それはきのうのことではないって。長い長い時間がたっていることを」

バステトの首が、がくりとさがった。青い輝きが、少しずつ消えていくのを、クックは見ていた。

バステトは、口を大きくあけた。息をすえなくなったみたいで、苦しそうだ。その顔が、さいごに笑った。

クックを見つめた。その目からひとすじ涙が流れた。涙まで、青かった。

「クック、ありがとう。あなたに会えてよかった。わたし、生きてきてよかった……」

クックが泣いていた。肩をふるわせて、泣きながら、全身の力をこめて、バステトをだきしめている。そのバステトの輝きが、とうとう消えたのを、みんな見ていた。胸飾りのシストラムもいっしょに、石そっくりにかたくなっていくのをだ。

「引きかえす。バステトを……」

涙をぬぐおうともしないで、クックは、ぐいっと翼をちぢめた。

9　不時着した、のら号

「なんだよう、あれっ」

それは、めさぶろが初めに気がついた。

青かった空が、見る間に消えていく。うねうねと続いている砂漠から、それはやってくるんだ。真っ茶色ににごった砂の壁が、空をかくしながらやってくる。

「いかん、砂嵐じゃっ」

館長がさけんだけど、もうどうする間もなかった。砂嵐はのら号を巻きこんで、みんなの頭も背中もざらざらにしていく。もう目もあけていられない。

「おおいをしろっ。みんなキャビンへもぐりこむんだっ」

それはクックでなく、ゴッゴの指図だった。
のら号の真下を流れていたナイルも、
岸辺のナツメヤシの林ももうない。
うずまく砂にかきけされて、
かたむいたのら号を見送る
ことさえできなかった。
不気味な音を、かごの中で
くっつきあってみんな、聞いていた。
砂がかごをけずっていく音だ。
ときどきババンと
風船がはれつする。

その音をただ聞いているだけで、だれもなにもできなかった。

右に左に、のら号はかたむく。ぐんと上にふきあげられたかと思うと、こんどはその分、急降下だ。

うへぇ、うへぇってさけびは、きっとぺぺとめさぶろのいるかごからだ。合唱団うへぇに入るなら、これで団員は、ええと、四と一と二をたして、ええと、たくさんいっぱい、うんとになりそうだった。

いく時間、それが続いたことだろう。どっちへどれだけ飛ばされたのか、見当もつかなかった。それでもだんだんにゆれはおさまって、うずまく砂嵐の音は遠ざかって消えた。

かごから、おそるおそる顔がのぞきだした。

みんな見た。なんと、パラグライダーの翼がないんだ。のら号は、ぐんぐん高度をさげていく。すぐ横に岩山がせまっていた。

岩山は黒っぽくて、かたそうだ。王妃の谷の山は茶色っぽくて砂っぽくてやわらかかったけど、ここのはちがう。同じなのは、両方とも草木一本よせつけていないということだけだ。

「東に飛ばされました、クック機長」

ゴッゴが太陽に手をかざし、ふりかえった。

「不時着します。いいですね!? 機長」

クックが力なくうなずいた。なにもかも、いつものクックじゃなくなってた。

岩山の、ようやくあった、少し平らなくぼみに、のら号は不時着した。

「機長、スマホ借りますっ」

なかば強引だった。だまったままのクックのジャケットのポケットから、ゴッゴはスマホをつかみだして、ぴこぴことおした。

まったくすごい。GPSっていうのは。〝全地球測位システム〟なんて名で、人工衛星からの電波で今いるところがわかるんだ。

「ここは、シナイ山です。

ずいぶん東へ飛ばされました、機長」

ゴッゴがさしだしたスマホを、ようやくクックは受けとった。

「なんと……紅海をこえてか……」

クックは、それっきりなにも言わなかった。半分魂がぬけてしまったみたいだ。いつものクックなら、どうしたらまたのら号は飛べるか、それが無理なら、次をどうするか。ありったけの知恵をしぼって、てきぱきと指示してくれるはずなのに。だからみんな、どんなときにも絶望なんかしなかった。いつだってクックを信じて、したがってきていたのに。

だけど、だれもクックに、なんにも言えなかった。遠くをながめて、そっと涙をふいているクックにだ。

「機長、のら号はもう、どうしたってみんなを乗せて飛べません。翼はふきとばされて、風船の残りは、かろうじて九十こほどしかありません」

ゴッゴはとびまわっていた。みみいちろたち三兄弟にもぺぺにもパトラちゃんにも、あれこれ指示しながら。その報告だった。だけどクックは、だまったままだった。

クックがこんなでは、やっぱりそのかわりは館長しかいない。

スマホにうつしだされた地図をのぞきながら、館長がつぶやいた。

「この先は海。そこまでは、この砂漠か。

あといく日あったかな、約束した日までに」

「一日きりです。港で待ってもらえるのは」

とうてい無理だ。もし、富士山丸にまた乗せてもらえるとしたら、シナイ半島を横切った先の海辺だ。それはスマホで、のろ船長にたのめるとしたって、そこまでは意地悪く、砂漠がたちふさがっている。それはまさに、しゃく熱の死の砂漠だ。

「わしらの足でかけてかけて、間にあうかどうか。まず、昼は地獄の暑さじゃぞ。とうていかけるのは無理。夜の間だけじゃろな。

水もいるぞ。とちゅうオアシスでもあればありがたいが、それとてわからぬ。スマホといえども、そこまでは案内してはくれぬな」

それでも、そうするしかない。かけてかけて、かけぬけるしかない。もし、とちゅうで力つきれば、待っているのは死だ。

だけど、館長をどうする？　みんなにはそんな体力があったって、館長だけはぜったいに無理だ。それは、ぺぺにだってわかることだ。

その館長が、ひとりひとりの顔を、ゆっくりと見わたした。

「ここはな、すごい山なんじゃぞ。西洋の神話でな、神の住む山なんじゃと。モーゼというてな、その男の名を。このシナイ山にいく十日もこもり、ついに神の声を聞いた。おかしてはならぬ、戒めを聞いた。十の戒めをな。それを神と人とのけいやくとして守れと命じた。十の戒めゆえに〝十戒〟とよばれて、その後のイエス・キリストの教えのいしずえとなった」

いきなり、館長はなにを言いだすんだろうか。

「モーゼたちユダヤ人は、エジプトで王、ファラオの奴隷にされていてな。モーゼはその民を引きつれて、エジプトから脱出した。ファラオの軍隊はそれを追いかけ、せまってくる。目の前には、紅海が立ちふさがっちょる。絶体絶命じゃった。そこに奇跡がおきた。

いったい、なにがおきたと思う。海が割れたんじゃ。見る間に潮が引き、海の底があらわれた。

ユダヤの民は、モーゼとともに紅海を歩いてわたり、このシナイ半島にたどりついた。それを見とどけ、海はまたうずまきながら、もとにかえった。追いすがったファラオの兵士たちは、その海にのまれしずんだ。

神に選ばれたモーゼが神に感謝し祈りをささげたのが、このシナイ山、というわけじゃよ。

わしは、すごいところへつれてきてもろうた。長生きはするもんじゃ。

世界中からな、信者がやってくる。この聖なる山をめざして。のぼる道はこのうら、東側じゃろ。頂上から日の出がおがめるからな。

そんな山じゃぞ、ここは。骨をうずめるに、ぜいたくすぎる山じゃぞ。わしゃ、ここに残って、モーゼになるのも悪くないと思っちょる」

うそだっ。そんなこと、ぺぺにだってわかる。

「いいですね、館長。じつはそれ、ぼくも考えてたんです。この山にすみたいなって」

ずっと静かだったクフ王が、いきなり言った。

「なんとな、クフ王の次にはモーゼになるのか。欲ばりじゃぞ、クフ」

館長が笑った。

「ずるいわ、すごい名まえばかり」

パトラちゃんもだ。

だけど、パトラちゃんのだってすごい。エジプトさいごの女王、クレオパトラとおんなじだ。まっ、名まえは半分だけど。

「そうだよ、パトラ。ぼくはここに残り、こんどの名は、モーゼだ。うらやましいだろう。

だけど、モーゼはふたりもいらない。だから、館長にはあげません。

館長は、みんなと帰らなくちゃいけません。

クック機長、ここは神の住む山です。不時着したのが、このシナイ山だなんて。だから奇跡はきっとおこります。紅海は割れなくたって、砂漠に道がきっとひらきますっ」

クックがようやく目をあげた。だけど、だめだった。

「ゴッゴ、機長はきみだ。きみにまかせる。きみはもう、いちにんまえだ。みんなを無事につれて帰れる力はある」

「だめです、クック機長。それは、クックの役目です。ぼくがかわりになんてできません。館長の見たあの夢を、正夢にして、おきざりにするんですか、こんなところへ。ぺぺとめさぶろが話してるのを聞きました。この砂嵐はバステトがおこしたのかもしれない。クックを帰したくなくてって。

ちがう。それは、まったくの逆だ。こんな別れになって、クックをこんなに悲しませてしまった。たとえあのまま、のら号が富士山丸に帰れたとしても、その後のクックはもう、クックでなくなってしまう。

バステトは悲しみます。そんなクックを見たくなかった。クックがだめになってしまったら、わたしのせいだって、バステトは、泣くでしょう。砂嵐は、バステトがおこしたんじゃない。きっと、ぐうぜんです。だけど、バステトは、そこからふるいたつクックを見たい。

クックは自分をせめているんでしょう。会いさえしなければ、バステトはもっと生きていられたかもしれないって。だけど、それもちがいます。生涯、ただいちどの恋をした。何千年も待っていて、ようやく出会えたクックです。

バステトはアヌビスのことで、自分の命のことはわかっていました。その命をちぢめてでも、さいごはクックといるほうを選んだんです。そんなバステトに、こたえてやってください。バステトの信じたクックを見せてやってください」

ゴッゴの声はふるえていた。

クックが、顔をあげた。口をへの字に結んで、半分にらむみたいにゴッゴを見た。

「かごキャビンは、ひとつ。小さくて軽いのを選んでくれ、ゴッゴ。グライダーの糸だったのを集めてくれ。長いのが、多いほどいい。かごをほぐす。藤づるを切って、棒にして、まっすぐにのばしてくれ。二本いる。長さは、きみたちがならんで、三、四にん分あればいい。

風船は、ありったけふくらませよう。食料と水はぎりぎり三日分。もし積めなければ、二日分。あとは、なにもいらない。手分けして始めよう。ゴッゴ、指揮は、きみがとれ」

ゴッゴが、涙の顔のままうなずいた。力強くだった。

かごキャビンがひとつ、宙に浮いた。

これからなにをするのか、それはぺぺにだってわかりかけていた。

「館長、乗ってみてください」

館長は、すなおにうなずいた。それから、下にたぐりよせられたかごによじのぼった。

だいじょうぶだ。そんなに高くはなれないけど、三日分の水と食料と館長を乗せて、のら号は宙にゆれた。

クックの計算によれば、紅海沿岸まで、九十キロたらずらしい。ひと晩かけつづけられれば三十キロは進める。ほんとうはもっと速く走れるネコの足だけど、砂漠となるとそうはいかない。

だけど、さすがにクックだった。あんなになっていながら、いったいいつ、こんな方法を考えていたんだろう。

「つるをくわえてかける。つかれたら、交代する」

「ぼくも行きます」

クフ王の申し出だった。

「残るんじゃなかったのか、クフ。この山でモーゼになるんじゃなかったのか?」

はなじろが、意外そうに聞いた。

「紅海までね」

「そうか、そこから引きかえすのか。

ほんとうは帰りたいんじゃないのか、ピラミッドへ。

だけど、紅海がじゃましてる。海は割れてなんかくれない。泳ぎもできない。だからだろう?

ごめんな、こんな海までこえてつれてきちゃって。だけど、いっしょにまた、日本まで行くって手もあるぞ」

「ちがうよ、はなじろ。これはほんとうだよ。きみたちだってそうだろ。ぼくって、けっこう知りたがり屋なんだよ。クックと旅をすれば、だれだってそうなるさ。

　バステトだって、そうだった。ほんの少しの時間だけど、バステトにとっては、何千年分の旅だった。数えきれないきのうがつまってた。ぼくもしばらくここにすんで、いろいろ考えてみたくなったんだ。なにがおきても、こうかい、しない」

「そうか、おまえはやっぱりいいやつで、すごいやつだったな。食っちまってたら、こうかいしたな。もう、おどかしたりしないぜ」

　ガハハって笑って、さいごは、やっぱり、はなじろになった。紅海と後悔、シナイ山はしない？　うまいしゃれじゃないけど、その前足が、力いっぱい、クフ王をだきしめた。

　さあ、急ごう。山かげに、月が顔を出した。クックの大好きな、アーモンド形の月だ。これから満月に向かう月だ。

岩山をかけおりた。ふもとから広がる砂漠が静かに待っていた。

館長が、かごによじのぼった。館長ひとり乗りになったのら号が、月の砂漠にぷかりと浮いた。

「すまんな……」

砂漠の砂はこまかすぎてうまりやすいけれど、ネコの体は軽いからありがたかったし、もうひとつ、思いがけないことがあった。

いっせいの、のかけ声で、いっせいにジャンプする。のら号はその分浮きあがって、みんなも浮く。いっぺんに三、四メートルも進んでくれる。もちろん、つるをくわえたままだから、あごはたいへんだけど、交代をひんぱんにすればいい。

つるをくわえて、ならんで走る。つかれたものは、交代する。その間は、休める。

館長からときどき指示がくる。

「少し先の砂丘は高いぞ。左へまわれ」

「東の空が、白みかけたぞ。ん、あそこの砂丘のかげがいい」

昼間は、走らなくたって地獄の暑さだ。砂丘の、ありがたいかげを見つけたってたまらない。なんだっておれたち、こんな厚い毛、着てるんだよぉ、なんてはなじろがぼやいたけど、みんな、なにも言う元気もなかった。ただ待つしかない、太陽がしずんでくれるのを。

「ありがたいぞ、緑だ。オアシスにちがいないっ」

月はまだ半分だ。といったって、満天の星といっしょになれば、なにもさえぎるもののない砂漠だ。館長がそれを見つけて、さけんで指さした。

オアシスというのは、砂漠に奇跡みたいにわきだす、小さな泉だ。そこをとりかこむ、小さなヤシの林なんかもしげらせてくれるんだ。だからラクダを引いて、旅をする砂漠の民には、まさしく命の泉になっている。

水は、おなかがごぼごぼいうほど飲んだ。空になってたペットボトルも、またいっぱいになった。

「みんな、すごいな。予定よりかなり早い。もう半分以上来ている。シナイ半島の海辺まで」

二どめの地獄の昼間は、がんばったごほうびになった。ヤシの林をふきぬける風は、すずしいとまではとても言えなかったけれど、きのうにくらべれば、このオアシスは天国だ。日がしずむまで、ねたこと、ねたこと！

クックが立ちあがった。

――あすのあさ、シナイはんとうのきしにつきます。シナイさんから、いっちょくせんの海岸です。おくれたらまってください。いそぎます。ぜんいんぶじ。
　のら号キャプテン　クック

返信がすぐにきた。

――おくれてもまつ。みやげばなしがたのしみだ。
　富士山丸　キャプテン　のろ

夜が明けはじめていた。今はのら号を引く組じゃなかったはなじろが、いきなり足を止めた。

「海だっ。海のにおいがするっ」

全員の足が速くなった。もう休むものなんかいなかった。くわえられるところなら、どこだっていい。全員に引っぱられて、のら号までうれしそうにゆれた。

こんどは、みみいちろが、それを聞いた。

「汽笛です、クック機長。まちがいない、富士山丸のです」

全員が足を止めた。止めて耳をすました。そうして聞いた。

ぼっ、ぼっ、ぼぼう。みんないくども聞いている。あれは富士山丸が、ここにいるぞぅってよんでくれている合図の汽笛だ。

もう、砂丘ひとつこえれば、きっと海が広がるはずだ。

「見えたぞぉおう、富士山丸もいるぅ」

館長の声が上からふってきた。

富士山丸ではどうだっただろう。タクちゃんたちはきっと見たはずだ。岸辺の砂丘にぷかりとあらわれた色とりどりの風船のたばを。

その下の、見るかげもなくやせほそったのら号のかごひとつを。そこに乗って身を乗りだしているのはだれだ!? 館長か？ そうだ、まちがいなく館長だ！

エピローグ

「そうかい。あの気弱そうなクフ王がねぇ、そんな大活躍したのかい。別れはつらかっただろうねぇ、とくにはなじろは」

「そうかい。またいつか会おうって約束したのかい。そうなるかもしれないねぇ、あんたたちなら」

おはるさんが聞いている。

「そうか、バステトは石になって、また墓、守ってるのか、アヌビスとならんで。わかってたんだよな、外へ出ればどうなっちゃうのか、アヌビスを見て」

「いつか、発見されて、そんとき言うのかな、調査隊。

『おっ、バステトだ。ラピスラズリのバステトか、いい姿してるな』

で、だれか気がつくかな。なんだろう、涙のあとみたいのが。めずらしいな、泣いたみたいなバステトなんて、って。

なぜかわかれば、調査隊だって泣くさ」

いつかそんな日がくるにしたって、それは一日でもおそい方がいい。井上さんはそう言ったけれど、それは、みんな願っていることだ。

「だけど、つらかっただろうねぇ、クックもバステトも……」

そう、おはるさんの言ったとおりだろう。

クックはバステトとちがい、命の終わる日がくる。あの墓にひとり残ったとき、バステトの前でその日がくる。そんなのつらすぎる。

では、クックがそうなる前に、あそこが発見されたら？　バステトはみずから外へとびだして、きっと石になることを選ぶにちがいない。クックは、そんなバステトを見たいはずない。

いったいふたりは、なにをどう話しあって決めたんだろう。クックはそれを、ひとことも言わない。

「きっとふたりは、決めたんだろうねぇ、おたがい、そんな姿は見せたくなかった。

だけどバステトは、選んだんだね、自分のさいごをクックといようって」

おはるさんが、そっと涙をふいた。

パトラちゃんが、うっうっ、うって泣いた。

目をしょぼしょぼさせて、井上さんがゴッゴに聞いた。

「クックはどうしてる?」

「今日も西の空を見てます。ヨットのマストのてっぺんで」

富士山丸でみんな帰ってきた。富士山のまぢかに見える港まで乗せてもらって。そして、井上さんがおんぼろワゴン車でむかえに来てくれた。みみいちろとはなじろは、船に残った。こんどまた会えるとしたら、いつだろう。

クックは富士山丸に乗っている間も、いつもひとりでいた。話しかけることさえ、だれもできなかった。

マリーナ村へ帰ってきても、そうだった。シナイ山から紅海まで、しゃく熱の砂漠をかけて、みんなをつれかえった。そこまでで、心は、力つきたみたいだった。

「もう、おしまいかな、おれっちの冒険。クックはもうしないって、決めたかもしれない」

ぺぺがぽつんとつぶやいた。いつもなら話をひきとるめさぶろも、しょんぼりしたままで、なんにも言わなかった。

そんな日が、いく日続いただろう。

みんなの心配、王妃の墓大発見のニュースは新聞にものらないし、テレビもさわがなかった。きっと奇跡はまだ続くって信じよう。砂嵐もふいて大雨もふって、あの谷のお墓をかくしつづけてくれるって信じよう。バステトとアヌビスが守りつづけるって信じよう。

「あっ、クックだ。クックが帰ってきたぁ」

ペペがさけんで、庭に走りでた。クックはみんなにとりかこまれた。

「ごめんな、みんな。もうだいじょうぶだ」

いつものクックの声だった。

その、半分笑った顔の、まゆ毛になにかくっついている。めさぶろが、それを見つけて、つまみとった。

「なに、それ？」

パトラちゃんが、のぞきこんだ。

「おなじのが、パトラにもある」

パトラちゃんは長毛だ。だから、長い毛の中に、いろんなものがくっつきやすい。

「種か、なにかなの？」

「ぺぺ、おまえの背中にもだぞ」

みんな、おたがいの体のあちこちの毛を、かきわけだした。

あるある。みんなにある。

なん十つぶか、集まった。どこかで見たような覚えがあるけど、そこがどこかも、だれも思いだせない。

バイクの音がした。行商帰りのおはるさんだ。赤いヘルメットをぬぎながら、庭に入ってきた。

「おや、どうしたんだい、みんなそろって」

クックに気がついて、うれしそうに笑った。それから、石の上に集められた、そのわけのわからないものを、ひとつぶ手にとった。

「花の種だね、なにかの」

あっ、と、みんないっせいに声をあげた。

「ヤグルマソウのだっ。バステトのところにあった」

それも、みんな、いっせいにだった。

「そうかい。もしそうならね、まいてごらん。

知ってるかい、ヤグルマソウはね、白とピンクに、もうひとつ青い花が咲くんだよ。

もしかしたら、ラピスなんとかって色に負けないかもしれないよ」

「だけど、大昔すぎる種だよ、おはるさん、芽、出るかなぁ」

ぺぺが、そのひとつぶをじっと見ながら言った。

「出るよ、きっと。花も咲くよ。この庭を、青いヤグルマソウの花でうめてやんな。奇跡はおこるよ、なんてったって、あんたたちなんだからね。ねえ、クック」

クックが、泣き笑いの顔でうなずいていた。

※ヤグルマソウ…以前は「矢車草」とよんでいましたが、同名の違う花があり、混同しないよう今は「矢車菊」とよんでいます。

あとがき

エジプトの絵文字は、楽しくてすてきです。

これは神さまや王さま〈ファラオ〉だけに使われた、神聖文字〈ヒエログリフ〉とよばれています。

古代エジプトにはほかにも文字があって、そのひとつが、ふつうの人たちの使う〈デモティック〉。

およそ五千年もの昔から使われていながら、古代エジプトの国がほろんだため、ふたつともどう読むのかずっと謎のままになりました。


文字は二種類によびわけられていて、見ただけでなにを表すのか意味がわかるのが〈表意文字〉。

読めても一字だけでは意味を持たないのが〈表音文字〉。前者が漢字、後者がひらがなやアルファベットです。表音文字はふたつ以上の字が組みあわさって、ようやくひとつの言葉になるわけです。

それなら絵文字は表意文字だ。だって絵なんだから。世界中の人たちがそう信じたって無理ありませんね。ところがっ。


エジプトのアレクサンドリア。富士山丸が停泊した港です。その近くに、ロゼッタという小さな街があります。そこでぐうぜん発見された奇妙な石碑に、三種類の文字が刻まれていました。古代エジプトのふたつの文字と、今も使われているギリシャ文字でした。

ギリシャの文字なら読める。もしかしたらこれとふたつのエジプト文字は、同じことが書いてあるんじゃないのか!?　そうひらめいた言語学者のカンは当たっていました。ひとつひとつの絵文字は、なんと表音文字、古代のＡＢＣだったのです。

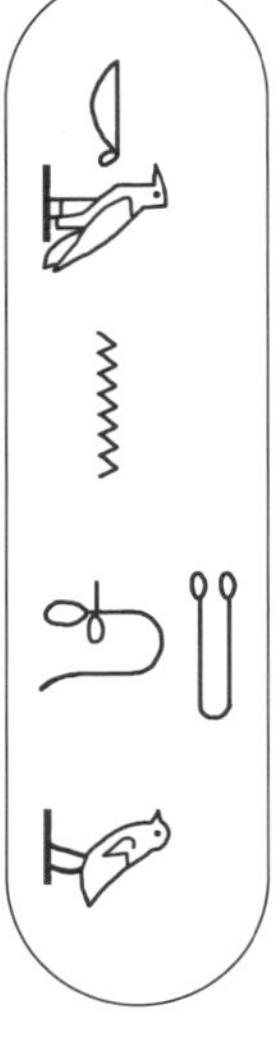

▼かんちょう という絵文字。

王さまだけに許されているかこいの絵文字王名枠〈カルトゥーシュ〉から王さまの名まえが読めた！ピラミッドやお墓の壁やパピルスの巻物に、どんなにたくさんの絵文字がならんでいたって読める。王さまがどんなに強くて、どこと戦って大勝利したか、なんて自慢話も読めた！

この石碑は発見された街の名をもらって〈ロゼッタ・ストーン〉と名づけられ、イギリスの大英博物館の宝にされています。でも、発見したのは、フランスのナポレオンの一兵士。いちどフランスの宝にされたあと、フランスがイギリスとの戦争に敗れ、戦利品となってイギリスへ。約二百年前のことです。

へんですね、もともとはエジプトの宝なのに。

人類初めての紙パピルス。巨大なピラミッド。

そしてネコが初めて人に飼われだしたのもエジプト。大切な小麦をネズミから守ってくれるまさに神のひとりでした。リビアヤマネコを先祖に、そして世界中に広まって。

そんなこんなで、ぼくの大好きなエジプトを物語に使ったのは、これが三作目。『ツタンカーメンの呪い』『ピラミッドが消えた！』は、ともにＰＨＰ研究所から刊行した本です。絵はますます絶好調のこぐれさん。編集は新コンビの黒澤鮎見さん。旅行社の海外添乗でエジプトにくわしい林美涼さんからは、大切な資料もお借りできました。みなさんにお礼申します。

二〇一七年　春　　作者

作者：大原興三郎（おおはら　こうざぶろう）

1941年、静岡県生まれ。おもな作品『海からきたイワン』（講談社青い鳥文庫）、「まじょはかせの世界大冒険」シリーズ 全７巻（ＰＨＰ研究所）、『マンモスの夏』（文溪堂）、『仕事ってなんだろう？』（講談社）、映画化された『おじさんは原始人だった』（偕成社）など多数。『海からきたイワン』で第19回講談社児童文学新人賞、第９回野間児童文芸新人賞、『なぞのイースター島』で第18回日本児童文芸家協会賞を受賞。

画家：こぐれけんじろう

1966年、東京都生まれ。ニューヨークのアートスチューデントリーグで絵画を学ぶ。挿絵の仕事に『さらば、猫の手』（岩崎書店）、『真夏の悪夢』（学習研究社）、『風のひみつ基地』（ＰＨＰ研究所）、『０点虫が飛び出した！』（あかね書房）、『ミズモ ひみつの剣をとりかえせ！』（毎日新聞社）、『大道芸ワールドカップ』（静岡新聞社）、「ユウくんはむし探偵」シリーズ、『お米の魅力つたえたい！米と話して365日』（ともに文溪堂）などがある。

空飛ぶ のらネコ探険隊　ピラミッドのキツネと神のネコ

2017年　5月　初版第1刷発行
2020年　4月　　　　第2刷発行

作　者　大原興三郎
画　家　こぐれけんじろう
発行者　水谷泰三
発　行　株式会社**文溪堂**
〒112-8635　東京都文京区大塚3-16-12
TEL（03）5976-1515（営業）（03）5976-1511（編集）
ぶんけいホームページ　http://www.bunkei.co.jp
装　幀　ＤＯＭ ＤＯＭ
印刷・製本　図書印刷株式会社

ISBN978-4-7999-0229-5 NDC913/175p/216×151mm
落丁本・乱丁本はおとりかえいたします。定価はカバーに表示してあります。

エジプトへの旅
N
富士山丸
ユーラシア大陸
日本列島
アラビア半島
アラビア海
インド
エジプト
アフリカ大陸
インド洋
のら4号のメンバー
クック
館長
ゴッゴ
パトラ
ぺぺ
みみいちろ
はなじろ
めさぶろ